술 없는
밤

술 없는 밤

서한나

김선형

김일두

오지은

오한기

김세인

글항아리

차례

일러두기
· 맞춤법은 표준국어대사전을 따랐지만 사투리, 요샛말 등 입말은 그대로 두었다.

서한나   ⊙   어째서 그는
멜랑콜리도 없는
얼굴을
좋아하게 됐을까

1

술을 마시면 무엇이든 실제보다 좋게 느껴진다

처음 봤을 때 나는 그에게 호감을 갖지 않을 거라고 확신했다. 그는 조금 재수 없는 타입이었다. 눈두덩이와 인중이 고집스러워 보였고, 표정이 좀처럼 바뀌지 않는다는 점이 거슬렸다.

나는 그의 스웨터가 마음에 들지 않았다. 빨래가 잘못됐는지 어깨선이 뒤틀려 마땅히 어깨가 있어야 할 자리에 어깨가 없어 보이게 했고, 어딘가 비율이 맞지 않는 느낌에 그를 자주 보게 되었다. 저 사람은 왜 저렇게 애매한 옷차림을 하고 앉아 있는 거지? 그래 놓고 어떻게 아무렇지 않게 콩 깍지를 벗기는 거지? 나는 그를 계속 힐끔댔다. 내가 도달해 야 할 지점에 와버린 것이다.

자리에 있던 누군가가 이상형을 물었다. 다들 조금쯤 서로의 대답을 기다리는 눈치였고 그중 아무도 그 입에서 나오는 답에 관심을 두지 않을 것 같은 사람이 가장 먼저 콧구멍을 벌름대며 최근 자신의 인생에 나타난 한 인간에 관해 떠들기 시작했다. 그에게서 얼마나 큰 후광이 비쳤는지, 그가 얼마나 특별했는지…… 그러나 어쩐지 대번에 그려지는 타입의 인물이었다. 나는 그가 말하는 이상형이 얼마나 이상형이라는 것에 못 미치는지 가늠해보는 동시에 나에게도 그런 점이 있음을 은근히 드러내려 노력했다. 그러느라 패트릭의 순서를 놓쳤다.

그는 수줍게 웃고 있었고, 사람들은 야유와 호기심을 섞은 반응을 보였다.

특이해.

집에 데려가고 싶어지는 사람을 좋아하다니.

빨래를 잘못 돌렸을 것이 분명한 그따위 스웨터를 입고 테이블 앞에 생각 없이 앉아 있는 그를 무시하고 싶은 마음과 동시에, 그를 더 알아봄으로써 내 화를 돋우고 싶은 마음이 들었다. 나는 그의 자의식에, 그의 볼품없음에, 그의 세탁 실력에 아연실색하고 싶었다.

그의 집은 요란했다. 지저분하기도, 그 와중에 질서가 있기도 했다. 이 집에 온 누구든 한 번쯤은 코웨이의 매트리스 살균 서비스를 불러주든지 미소의 두 시간 청소 서비스를 예약해주든지 하는 호의를 베풀고 싶어했겠다는 생각이 들었다. 나는 바닥에 앉았다. 그는 집 안이 어두워도 노란 조명을 하나만 켜두었는데, 그 덕에 바닥의 먼지와 머리카락이 덜 보인다는 장점이 있었다.

그는 손님을 데려다 놓고도 분주하지 않았다. 그가 부엌도 없어 보이는 집에서 요리를 한답시고 사라진 새벽, 나는 천천히 그의 집을 돌아볼 기회를 얻었다. 어디부터 적응해야 할지 모르겠는 복잡한 곳을 조금씩 살펴보면서 그것들이 낯설면서도 정겹게 느껴진다는 것을 알게 되었다.

또 거지 같은 것을 좋아하게 된 것이다.

더 이상의 누더기는 그만! 그만이었다……. 그러나 그에게는 지리멸렬을 견딜 만한 것으로 바꾸는 재주가 있었다.

그가 어디서 구해온 두건으로 머리를 싸매고 오이소다를 건넬 때, 너무 순진하게 웃을 때, 집에 이런 게 다 있고 그게 그와 어울린다고 생각했을 때, 그가 생활용품점에서 사온 고리를 벽에 일렬로 달아놓았다는 걸 알았을 때, 수저를 놓을 때는 수저받침을 쓴다는 걸 알았을 때, 그 모든 사실이 지금 그가 어둠 속에서 내보인 결함 있는 얼굴과 너무나 잘 어울린다고 생각했다.

그의 책장에는 내가 아는 책이 몇 권 있기도 했지만, 그는 그것들을 나와 비슷하게 분류하거나 비슷한 정도로 중요하게 여기지는 않는 것 같았다. 그것들을 펼쳤을 때 군데군데 귀퉁이가 접혀 있는 것이 반가웠다.

그가 좋은 음악을 아는 것이, 작정하고 틀지 않는 것이, 심취하지 않는 것이, 기기마저 주워온 물건이라는 것이 마음에 들었다. 그는 여기저기서 물건을 얻어와 필요한 곳에 어울리게 두는 재주가 있었다. 어떤 상점에서도 팔지 않을 것 같은 두꺼운 쟁반이나 모서리 깨진 전신 거울이 집에 왜 있냐는 표정으로 쳐다보면 그는 친구가 이사하면서 주고 갔다거나 길에서 주웠다고 설명했다.

그가 집에 사람을 데려와 놀아주는 방식은 플레이스테이션을 가져오는 것도 아니고 어린 시절 앨범을 보여주는 것도 아니고 골동품을 자랑하는 것도 아니고 바자회를 여는 것도 아니고 전래 동화를 들려주는 것도 아니고 어디서 찢어온 종이 두 장을 흔들어 보이며 빙고를 하는 것이었다.

동물 이름으로 칸을 채우기로 했다. 타이머도 맞췄다.

양쯔강악어나 대서양녹새치를 원래 진짜 알고 있었어요?
물으며 칸을 하나씩 지워갈 때(블랙빙고였음을……) 그는 지난
번처럼 수줍게 웃었다.

아니 누가 동물 이름 빙고 하는데 민어를 써.

그는 콩을 삶고 김치전을 굽고 버섯을 튀기느라 기진맥진
했는지 벽에 기대어 졸았다. 나는 그가 만들어준 오이소다
가 어떤 맛이었는지 떠올리고 있었고, 그것은 정신을 놓아
가고 있는 저이에 대한 생각으로 이어졌다.

창틀 위에 놓여 있는 돌들과 이가 나간 재떨이를 보았다.
그가 집 안 이곳저곳에 놓아둔 사진 속 얼굴들을 보았다. 그
때 그의 전화기가 웅웅 하고 울렸다. 그가 눈을 비비며 일어
났고, 전화기를 뒤집은 다음 다시 눈을 감았다.

다음엔 제대로 밥을 해줄게요.

그건 하나도 기대되지 않았다. 이 어두운 단칸방에서 너랑 할 수 있는 일 중에 가장 재미없는 일일 것이었다. 나는 안 되겠다는 생각이 들었다. 무릎 위에 올라가 있는 그의 손에 내 손등을 갖다 댔다가 뗐다. 어딘가 믿음직해 보이는 손이라고 생각했다. 그렇게 몇 번이나 그의 손을 만져보았다. 그가 내 손가락을 잡았을 때, 무언가가 정말로 일어나버렸음을 알았다.

가령 한데 엎어질 때 발에 닿은 쇠젓가락의 차가움이라든지, 책이 옆으로 쓰러지며 내는 소음이라든지, 그것들을 의식하지 않기 위해 했던 노력이라든지. 그런 것들까지 기억해버린 것이다.

나는 집으로 돌아가야 했다. 우리는 거리를 걸었다. 날아오는 돌을 피하듯 거리의 사람들을 피해 걷는데 나의 걸음에도 그렇다고 그의 걸음에도 집중할 수가 없었다. 그러나 내가 애매한 상황을 싫어한다고 해서, 이 낭만 없는 거리에서 손이 부르트고 귀가 얼고 상대방의 말이 바람 소리에 묻혀 잘 들리지 않는 상황에서, 달리 할 수 있는 것은 없었다.

나는 생각을 했다.

그 자신 얼마나 작은 것에 운명을 걸었나 깨닫게 되는……
이것이 인생이구나! 이 거지 같은, 밴댕이 소갈머리의 사랑
같은…….

2

이것은 모두 있었던 일이다

그맘때 나는 온갖 부류의 여자애들을 내키는 대로 좋아하
고 있었다. 나는 다니지도 않는 교회의 집사에게 성격 검사
를 받은 것을 계기로 여름마다 열리는 교회 수련회에 따라
가게 되었다. 사회자는 나를 서울대 학생으로 소개했다.

서울대가 어디 있는지도 모르는데요? 말하고 싶었지만

모두가 그 누구의 말에도 관심이 없는 것 같았다. 거기에는 완연한 양아치가 된 아이들, 말 시키면 죽여버리겠다고 다짐한 듯한 아이들이 섞여 있었다. 나는 잠자코 지내면서 시간이 가기를 기다렸다.

여기서 탈출할 생각을 하면서 점심에는 저기까지, 저녁에는 거기까지 걷고 돌아오며 아는 길을 넓히고 있었다. 주택도 택시도 보이지 않고 논과 개뿐이었다. 이 수련회에 온 적 있는 친구가 하루만 더 버티면 된다고 위로해주었다. 목사님이 그날 밤 저녁으로 피자를 시켜주었다. 파티는 지난밤의 기도회처럼 요란했다. 한 음식에 몇 명씩 달라붙어 먹는 것도 쑥스럽고 그다지 맛있어 보이지도 않아 체념하고 무리 사이를 걸어다녔다. 할 게 없어 바닥에 떨어져 있는 휴지를 주웠다.

거기 그 애가 있었다. 뭔가 가지러 가려고 앞으로 걸어나가는 것 같았다. 나는 충동적으로 그 애 앞에 섰다. 그리고 그 애가 손에 쥐고 있던 휴지를 건네받았다. 나는 기억을 더듬어 이 아이를 처음 본 게 어디였는지 생각해냈다. 그러다 이곳으로 오는 봉고차를 그와 함께 탔다는 데 생각이 미쳤다. 내 고향의 오래된 병원 앞. 고속버스 터미널이 있는, 버스를 탈 게 아니라면 갈 일이 없었던 매캐한 동네였다.

그 애는 머리가 조금 구불거렸고 키는 또래와 비슷했다. 등 떠밀려 온 건지 제 발로 온 건지 모르겠으나 그는 또래에도 피자에도 흥미가 없어 보였다. 왠지 나는 그 애가 친근하게 느껴졌다. 수련회는 내년에도 내후년에도 있을 거였지만 그 애는 오지 않을 거라는 생각이었다. 교회에 다니지도 않을 것 같았다. 이제 그 정도 느낌 외에는 더 기억나는 것이 없다.

시간이 흘러 생각지도 못한 곳에서 그를 다시 만났을 때, 나는 올 것이 왔다고 생각했다. 삶에서 일어나는 다른 많은 일과 마찬가지로 그때는 알지 못했다. 그가 나를 미치게 할 것이라는 것을.

엄마를 꼬셔서 가게 된 필리핀 유학에서 걔가 배운 건 어학이 아니라 이것저것 마는 법이었다. 걔는 다 말아버렸다. 커피 한 잔 앞에 놓고 앉아 있으면 그 애는 손가락으로 영수증을 동그랗게 말고 그다음에는 이파리를 말았다.

나는 자연스럽게 그와 대화하는 사이가 되었고, 가장 자주 대화하는 사이가 되었으며, 유일하게 대화하는 사이가 되었다. 나는 그의 알코올의존증을 고치고 싶었다. 그의 만성적 공허를, 뭐든 입으로 넣어야 살겠다는 허기를 채워주고 싶었다.

걔 눈빛에서는 뭐가 흘렀다. 걔는 매혹적인 만큼 나를 화나게 해서 죽일 수도 있었다. 그의 어쩔 수 없음, 자기의 매력이 어디까지인지 본능적으로 확인하려는 성미, 상대가 미치고 팔짝 뛰는 것을 보면서 자신의 권능을 확인하는 면, 다시 말해 그 작살난 인성은 내 마음을 확실하게 끌어올렸다. 나를 하늘에 올렸다가 땅으로 처박을 수 있는 사람을 나는 그냥 지나칠 수 없었다.

나는 책 한 권 읽지 않고도 타고나길 재미있게 말하는 사람을 좋아했다. 책을 한 권도 읽지 않고도 똑똑한 사람을. 그는 그런 사람이었다. 내가 책을 끼고 살지만 아무것도 제대로는 알지 못하며 아무와도 말하지 않는 사람인 것과 달리…….

그는 나를 행복하게 만들 수 있는 단 한 명의 인간이었다. 그가 자신의 기본적인 생활조차 다스리지 못하는 데다 가자미 맛과 고등어 맛을 구분하지 못해 몇 번이나 살을 발라주며 알려줬음에도 "내가 좋아하는 건 등 푸른 가자미!"라고 말하며 웃는 사람이지만 나는 그를 좋아했다.

우리가 평화로운 시간을 보내고 있을 때, 하필이면 그때 나는 그의 소파 뒤에 떨어져 있던 흰 티셔츠를 보고 말았다. 처음 보는 것이었는데, 배 닿는 부분에 주황색 물이 들어 있었다.

스파게티 소스나 흘리는 새끼를 만나고 왔구나……

우리는 우리와 가장 어울리는 구도로 돌아갔다. 식탁에는 우리가 평화의 한가운데에 있을 때 먹던 주스와 과자가 놓여 있었고, 그 모습은 나를 절망하게 했다. 모든 것이 아무것도 아니게 되는 순간이었다. 이 아무것도 아닌 것들이 정말 아무것도 아니라니. 나는 수치스러웠고, 수치스러워서 화가 났다.

나는 그가 내게 느끼게 해준 분노를 몸 밖으로 흘려보내지 않고 내 몸속에 스며들게 했다.

우리에게도 행복한 시간은 있었다.

나는 그와 극장에 앉아 있는 것을 좋아했다. 어두컴컴한 극장에서 둘의 자리를 더듬더듬 찾아가는 과정을 좋아했고, 누군가의 발 냄새 속에서 옷을 풀럭대며 자리를 잡는 것도 좋아했다. 한 명은 너무 단 음료를, 한 명은 너무 신 음료를 고르는 식으로 마실 것 선정에 실패하고는 그것이 얼마나 절망적인 맛인지 간간이 이야기하며 어둠 속에서 얼굴을 찌 푸리는 것을 좋아했다. 광고가 끝나고 정말로 영화가 시작 될 때면 어김없이 느껴지던 긴장감도. 그와 있으면 노래는 정말로 노래가 되었다.

그와 있으면 삶은 전위적인 것이 되었기 때문에 나는 그 와 일상을 함께할 수 없었던 것 같다. 전위적이지 않은 삶을 견딜 수 없기 때문에 그와 일상을 함께하고 싶었던 것이지 만……

3

나는 모든 것을 내 마음대로 기억한다

상가 계단에 앉아 아이스크림을 먹던 것, 먼지와 거미줄 이 있는 창문, 그것으로 막아지지 않는 바깥의 소리, 조금만 움직여도 크게 움직이는 것처럼 소리가 증폭되는 그곳에서 나는 사랑이 무엇인지 생각하는 중이었다. 우리는 거리를 걷고 있었다. 둘만의 공간을 갖지 못한 사람들은 주로 거리를 걷는다.

주변의 누구도 우리에게 관심이 없는데 나는 주변을 민감하게 의식하고 있었다.

우리는 조금 떨어져서 걸었다. 중요하지 않은 이야기를 할 때는 몸을 살짝 붙이면서 걷고, 그 외의 시간에는 대부분 떨어져 있었다. 부끄럽기도 했고, 그 정도가 자연스럽게 느껴지기도 했다.

우리는 둘 다 포장마차를 좋아했다. 나는 내가 아는 포장마차에 그를 데려갔다. 화장실이 변변치 않아서, 테이블이 길 중간에 불쑥 나와 있어서, 강가의 모기가 너무 잘 날아서, 밤의 자유로운 기분에 휩싸여서 혼자라면 절대로 하지 못할 행동을 했다. 무시무시해 보이는, 무시무시한 일이 벌어졌거나 벌어지고 있을 법한 모텔에 들어가버린 것이다.

일층에 화장실이라도 있지 않을까 하는 핑계로 그와 건물에 들어갔다. 그렇게 돼버린 것이 좋았다. 낡은 난간과 군데군데 칠이 벗겨진 기둥 같은 것을 보고 감상에 젖는 것이 오늘과 어울렸다. 화장실은 당연히 없었는데, 누군가 우리를 수상하게 여겨 다가오는 통에 나는 그의 어깨에 손을 올리고 빠르게 그곳을 빠져나왔다. 우리는 동시에 웃었다.

나는 자리에 앉아 뚝배기에 담긴 순두부찌개에 숟가락을 푹 넣었고 짜고 매운맛이 불청결함을 씻어내주기라도 한다는 듯이 안심했다. 여름의 끝은 초가을하고 어떻게 다른가. 나는 모기를 쫓으면서 젓가락으로 오이를 집어 먹었고, 평소라면 절대로 하지 않았을 초장에 찍어 먹기를 했다. 쌈장이 아니면 안 되는데…….

그가 따르는 대로 잘 먹는 술 상대라는 것이 즐거워 나는 그다지 차갑지도 않은 소주를 마셨다. 잔에 물방울이 맺히지도 않고 넘길 때 차갑지도 않은, 향도 맛도 없는 것을 마셨다. 그런 것을 왜 이렇게 따라대냐 하면 그것이 오늘과 어울리기 때문이다. 그것이 그의 얼굴을 돋우기 때문이다.

4

다음엔 맨정신에 사랑을 해봐

내가 어떻게 해서 그 영화를 처음 보게 되었는지 모르겠다. 「데미지」를 알게 된 뒤 나는 그것을 보기에 좋은 때를 기다렸다. 그건 아무 때나 틀어서 볼 수 있는 주말의 명화 같은 게 아니었다. 왜냐하면…… 그 영화가 나와 너무 가깝다고 느껴졌기 때문이다. 물론 어디로 보나 우리는 가까울 수 없다. 영화는 1994년에 개봉했고, 그때 나는 두 살이었으며, 그건 며느리와 시아버지가 사랑에 빠지는 내용인데, 난 시아버지가 아니니까…….

누구에게도 이입하지 못한 채 그 영화에 빠져들었다. 그 영화를 재생하기 전에는 당연히 긴장했다. 나를 정통으로 때려잡고 도망가지 못하게 할 어떤 것이 그 안에 있으리라는 예감 속에서.

강렬한 끌림, 이루어질 수 없는 사랑, 그런 것을 다룬 이야기에 나는 속수무책으로 매혹되었다. 그때까지의 인생에서 강렬한 끌림은 이루어질 수 없는 사람에게만 느낄 수 있었고, 이루어질 수 없는 사람만이 나에게 강렬한 끌림을 주었으며, 강렬하게 끌린 사람과는 이루어지지 않았기 때문이다.

그맘때 나는 연애 상대로 엄마 같은 여자를 찾고 있는 것이 아니냐는 의혹(스스로 제기한 의혹 하나, 남이 제기한 의혹 하나……, 합해서 의혹 둘)에 시달리고 있었다. 엄마와의 관계에서 느낀 불안감을 사랑의 본령으로 여긴 것이 문제의 핵심이었다.

상대가 나에게 주는 불안감에 매료되고, 그를 만족시키려고 아등바등하는 것을 연애라고 생각하며 그 모든 조마조마함과 미끄러짐, 괴로움이 연애 자체가 되는 반복 속에 있었던 것이다. 여기서 말하는 엄마 같은 여자는 자유분방하고, 어디로 튈지 몰라 나를 불안하게 하는 여자다.

엄마는 나에게 많은 것을 말해주었다. 당신은 쌍꺼풀 없는 얼굴이 좋다는 것도…….

　자라면서 나는 이러한 등식을 완성했다.

　쌍꺼풀 없는 여자에게 상처받기=최고의 사랑.

　나는 삶의 많은 부분 중 어떤 것들은 내 것이 될 수 없다고 굳게 믿어왔다. 그도 그럴 것이 무언가를 가져본 적이 별로 없거니와, 가진다는 것의 기준이 높게 설정되어 있고, 내 것이 되면 그것을 원한 적 없다는 듯 생각해버리기 때문이다.

　정말로 내 것이 된다는 게 어떤 건지, 내 것이 되면 좋은 건지 알 수 없다. 몇몇은 잠깐 동안 내 것이었던 적이 있는 것 같기도 한데, 중요한 건 그것을 가진다고 하더라도 마음에 와닿지 않는다는 것이다. 나는 좀처럼 실감하지 못한다. 특히 사람과 관련된 일에 있어서는. 아주 오랜 시간이 흐른 뒤에야 아, 그거였어, 그가 그런 말을 한 거였어, 하고 알게 될 뿐이다.

내가 느낄 수 있는 것은 밤공기, 걸을 때 종아리로 돌이 튀는 느낌, 계단을 오를 때 숨이 차는 것, 에어컨을 틀고 바닥에 누우면 허리가 조금 뜨면서 편안함이 드는 것, 이어폰으로 음악을 들으며 마트를 돌아다니는 것이 재밌다는 것 정도다. 사람과 얽히지 않으면 이렇게나 가뿐하고 이렇게나 말끔하며 이렇게나 심심하다는 것도…….

나는 순간을 찾아다녔다. 여름날, 수련회에서 친하지도 않은 아이와 문틈을 사이로 샴푸로 실랑이하던 밤, 나는 심각한 자극을 느꼈다. 그와 내가 자는 건물은 멀리 떨어져 있었는데, 그와 헤어져서 내 방으로 돌아오는 그 길의 컴컴함과 시원한 공기가 내게는 무엇보다 야한 것이었다.

나에게 가장 강렬한 느낌을 주는 것은 불가능성인지도 모르겠다. 정확히는 불가능하다고 생각했던 것이 잠깐 가능성을 보이는 순간. 그래서 불가능과 내가 어떤 식으로든 관계 맺고 연결되는 순간.

「데미지」의 원작이 소설이라는 것을 알게 되었을 때 나는 오래간만에 인터넷에 접속한 사람처럼 기뻤다. 거기에는 내가 상상하고 추측했던 인물의 감정과 움직임이 문장으로 쓰여 있었다. 상상 속에서만 사랑을 이룰 수 있는 사람에게 그보다 더 자극적인 것이 있을까? 그건 미친 첫 문장으로 시작하는데. 그건 거역할 수 없는 얼굴을 가진 사람과 스쳐갔을 때 같은데.

김선형 　◦　 술 없는 밤

　나는 그 밤을 보지 못했다. 오래전 책에서 읽었다. 하지만 그 밤은 내가 겪은 그 어느 밤보다 견고하다. 시몬 드 보부아르의 『모든 인간은 죽는다』에서 불사의 묘약을 손에 넣은 욕망의 화신 포스카는 마침 눈에 띈 흰쥐 한 마리에게 그것을 먼저 먹여본다. 수백 년 후 만난 여자에게 그는 고백한다. 무수한 악행을 저질렀으나 흰쥐에게 약을 먹인 죄가 그중 최악이라고, 결코 용서받지 못할 악행이라고. 새하얀 낮에도 눈을 뜨고 악몽을 꾼다고. 인간도 사라지고 문명도 사라지고 생명의 흔적마저 사라진 황량한 지구에서 발치를 맴도는 흰쥐 한 마리와 단둘이 달빛을 받으며 서 있는 자기 모습을 늘 본다고. 수십만 수백만 년 후에도 변함없을 종국의 밤에 비하면 세계는 찰나에 스쳐가는 덧없는 환영에 불과하다고 이야기를 듣고 젊은 여자는 죽음의 충동에 휩싸였던 것 같다. 이제 줄거리는 흐릿하다. 하지만 그 밤의 공포는 어른의 책을 때 이르게 엿본 아이에게 깊은 외상을 입혔다. 검은 밤,

창백한 달, 흰쥐. 내 머릿속에서는 그가 선 자리에 자꾸만 그 대신 내가 섰다. 그 밤은 한동안 내 청년의 일상에 틈입해왔다. 연둣빛 새순 돋은 가지 너머 봄 하늘, 너르고 푸른 여름날 휴양지 바다, 무작정 젊은 한낮에도 이따금 출몰해 불시에 심장을 툭툭 떨어뜨렸다.

그 밤에 세계는 없다. 타자도 없다. 모두 소진되었다. 어떤 위로도 없다. 결코 채워질 수 없는 나르시시스트의 욕망만 소리 없이 울부짖고 있다. 추워요, 외로워요, 잘못했어요, 안 아줘요, 괜찮다고 말해주세요, 제발. 세계의 기표에 유혹당해 끝까지 달려 들어가다 맞닥뜨린 그 막다른 밤. 도망치는 것 말고는 대처할 수 없는 절대의 무에 다다른 밤. 미치거나 죽고만 싶으나 미칠 길도 죽을 길도 막힌 밤, 퇴로는 없다. 고통뿐인 영혼에 맨정신으로 영원히 화답해야 한다. 우리는 그 밤을 맞을 리 없다. 아무도 맞을 리 없다. 오로지 픽션에서만 존재할 수 있는 밤이다. 그런데 우리는 그 밤의 공포를 안다.

어린 시절 나는 유달리 밤을 무서워하는 아이였다. 칠흑 같은 한밤에 잠을 깨기라도 하면 온몸이 마비되는 공포가 덮쳐왔다. 옷장 속이 아니라 내 머릿속에 낯선 목소리들이 살고 있었다. 안전하지 않았다. 내 마음은 예측할 수 없는 험지였다. 밤이면 내 상상력은 걷잡을 수 없이 날뛰며 어디선가 주워 읽은 불길한 단서들을 조합해 기기묘묘한 파국을 총천연색으로 꾸며냈다.

"엄마, 차원이 얽혀서 도플갱어를 만나면 세계는 파멸하고 우리는 그 자리에서 죽는대. 그럼 어떡해?"

"엄마, 이 세상에서 산소가 갑자기 다 없어지면 어떡해?"

엄마는 "그럴 리 없다"라고 달래다 한숨을 쉬더니 "다 죽는데 뭐가 걱정이니" 하고 읊조렸다. 산소가 뭔지, 도플갱어가 뭔지, 차원이 뭔지 정확히 알았을 리 만무한 여섯 살짜리에게 '그럴 리 없다'거나 '다 죽는다'는 사실은 아무 위로도 되지 않았다. 이상하다. 엄마라면 꼭 안아주었을 텐데, 그 품의 온기와 촉감이 어쩜 이렇게 하나도 기억나지 않는지 모르겠다. 불 켜진 방에서 아무 책이나 움켜쥔 채로 늘 해소되지 않은 공포와 꺼림칙하게 같이 누워 있던 내 기억 속 유년의 밤들은 춥고 막막하고 헛것들로 가득했다. 헛것들을 책으로 휘이 휘이 쫓다 지쳐 잠이 들었다. 책이 구명줄인 양 매달리던 마지막 손가락에서 기어이 힘이 빠지면 책은 툭, 제멋대로 바닥으로 굴러떨어졌다. 내가 읽던 것은 언제나 소설이었다.

밤은 자연광선이 일시적으로 사라지는 광학적 사건이다. 빛이 사라진다고 죽지는 않는다. 시각이 무력화될 뿐이다. 밤은 소멸이 아니라 상실의 환기다. 가시적 세계 혹은 감각되는 타자가 사라지는 체감, 귀환과 소생의 불확정성이다. 감각되고 관찰되지 않는 세계는 과연 존재하는가. 객관적이고 명징한 세계는 언젠가 다시 돌아올까. 밖이 흐려지면서 안은 단단해지고, 밤은 근원적인 질문들을 던지는 거대한 의문부호로 떠오른다. 따라서 불면의 밤은 큰일이다. 밤이 깊은데도 잠이 오지 않는다면 그야말로 패착이다. 원시의 밤, 부족원들이 하나둘씩 잠에 빠졌는데도 홀로 깨어 있던 자는 어둠 속에 도사린 온갖 위험을 미리 불러내는 제 마음을 오롯이 혼자 감당해야 했으리라. 다시 해가 뜨고 산천이 밝아오고 잠든 자들이 깨어나리라 확신할 수 없는 밤, 어둠에 휩싸인 세계는 두려움으로 직조한 이야기가 되어 우리의 마음으로 들어온다. 세계의 윤곽은 허물어져 불분명하게 번지고 만물의 소생과 부족원들의 귀환이 믿음의 영역으로 후퇴한다.

그 밤을 정말로 위험하게 만드는 건 무엇일까. 빛 없는 세계의 실체적 위협일까 불면의 마음이 소환한 허구의 공포일까. 결말을 유예하는 미정의 혼돈, 불안은 사람을 미치게 한다. 그럴 때는 늘 최악의 이야기가 쓰이고 만다. 무어의 장군 오셀로가 질투에 휩싸인 건 어둠이 빛을 가린 찰나의 불확정성과 서스펜스를 견디지 못하고 불가역적으로 열려버린 이야기를 완벽하게 닫아줄 종지를 다급히 갈구하다 그만 미쳐버렸기 때문이다. "나는 내 아내가 정숙하다고 생각하고 또 부정하다고 생각하네/ 자네가 정당하고 또 부당하다고 생각하네/ 그러니 증거를 찾고 말겠어!"* 증거와 무관하게 우리는 그 순간 이미 이야기의 결말이 쓰였음을 안다. 그 마음속 최악의 두려움, 열등감의 씨앗이 만개해 나머지 이야기를 이미 끝까지 써버렸다. 상상의 악몽이 유혈이 되어 현실로 엎질러진다.

밤이 내리면 세계는 소망과 두려움의 영역으로 물러나고

---

* 윌리엄 셰익스피어, 『오셀로』 3막 3장, https://www.folger.edu/explore/shakespeares-works/othello/read/, 2024년 10월 11일 접속.

그 자리에는 꾸며낸 이야기가 난무하며 문명과 야만의 거점은 안팎의 경계를 무화한다. 오든의 시구대로 "어둠의 악몽 속에서 유럽의 모든 개가 짖어댄다".* 그런 밤 햄릿은 영원한 악몽이 두려워 자살하지 못하고, 보르헤스는 눈을 뜨고 지옥을 보며, 스티븐 킹은 지하실의 악어들에게 시체를 먹이로 준다. 하나 어떻게든 밤을 감당할 자원을 제 안에서 발견하지 못한 자들은 정량의 광기를 외부에서 조달해 혈류에 주입해야 했다. 새뮤얼 테일러 콜리지에게는 그것이 아편이었고, 마르그리트 뒤라스에게는 그것이 섹스였다. 아, 물론, 처음부터, 언제나, 누구에게나, "인간의 친구" 술이 있었다.

　　나는 와인이다

　　나는 맥주다

　　우리는 인간의 친구

　　지금 여기로부터

　　근심과 걱정을 사냥한다네**

* W. H. Auden, "In Memory of W. B. Yeats", *Another Time*, Random House, 1940. https://poets.org/poem/memory-w-b-yeats, 2024년 10월 29일 접속.

** 자크 오펜바흐, 「호프만 이야기」, 1막 첫 코러스.

자크 오펜바흐의 「호프만 이야기」는 술들의 노래로 시작한다. 독일 작가 E. T. A. 호프만의 기괴한 단편들을 엮은 이 오페라는 악마가 끝없이 유혹하는 밤의 연대기다. 사랑이란 이름으로 몸과 마음을 내던져 자신을 유혹하는 기표들을 뒤쫓는 시인-몽상가 호프만은 매번 참담하다 못해 웃기는 허무에 전속으로 충돌하고 장렬하게 박살 난다. 춤과 노래, 아름다움과 예술. 사랑. 사랑의 환상이 깨지고 나면 아름다운 그대는 온데간데없이 사라지고 망가진 기계 부품, 죽어버린 몸뚱어리, 돈에 팔려나간 싸구려 상품만 너저분하게 남는다. 그러나 그 괴이하고 짓궂은 존재의 농담은 말도 안 되게 (아마도 말이 안 돼서) 현란하고, 기묘하고, 시적이며, 비길 데 없이 매혹적이다. 오로지 술 탓이다. 술이 그 밤을 열어젖히고 오로지 술만이 그 추레하고 끔찍한 좌절의 밤들에 이처럼 우스꽝스럽고 아름다운 환상의 베일을 걸쳐줄 수 있다. 현실과 환상, 희극과 비극을 넘나드는 이 눈부시게 독창적인 오페라는 술집에서 시작해 술집에서 끝난다.

밤에 걸쳐진 환상의 베일. 불안을 벗어던진 향연의 약속. 불투명한 "지금 여기"를 견딜 뿐 아니라 그 자체로 향유할 수 있다면 어떨까. 그렇다. 잠이 오지 않으면 꿈을 꾸면 된다. 악몽이 아닌 꿈을. 하지만 어떻게? 술로써. 이것이 술, 최초의 향정신성 물질이 부린 마법이다. 밤의 불안을 잠재우고 신비로운 환상을 소환하는 것. 프랑스의 레트루아프레르 동굴, 성역이라 불리는 그 거대한 지하실 벽에는 인간과 동물이 기묘하게 조합된 초자연적 존재가 그려져 있다. 패트릭 E. 맥거번은 1만3000여 년 전, 그 마법사, 뿔 달린 신의 형상이 인류의 초기 역사에서 최초로 자연과 정신의 힘을 이해하려고 노력한 증거가 아닐까 짐작한다. 인류 최초의 예술가, 음악가, 몽상가, 귀한 발효 음료를 마실 수 있는 우두머리가 신비의 약을 만들고 의례를 관장했다. 술이 인류의 허구적 상상력과 서사에의 본능을 공동체와 문명으로 끌어들였을지 모른다.* 도래하는 밤들을 견디지 못한다면 개인과 공동체의 역사는 불가하다. 불안을 잊은 이야기들, 악몽을 잠재우는 꿈들, 공포가 아니라 믿음에서 나오는 허구들. 탄생과 장례의 의례, 신비주의와 주술, 종교와 윤리, 음악과 춤과 노래, 회화와 조각이 개인과 공동체의 무수한 밤을 견디게 해주었다. 술이 없는 의례는 상상하기 어렵다. 예수 또한

* 패트릭 E. 맥거번, 『술의 세계사』, 김형근 옮김, 글항아리, 2016, 53~55쪽.

신의 아들로서 첫 기적을 행하며 결혼식의 물을 술로 바꾸지 않았던가.

　문명이 발달하고 세속화가 진행되면서 술 또한 탈신비화되어 신성한 의례주는커녕 싸구려 상품이 되었지만, 언제 어디서나 꾸준히 밤을 부정했다. 밤이면 어떠냐고, 밤이라도 괜찮다고, 이런들 어떠하리, 저런들 어떠하리, 현재의 쾌락을 누리라고, 감각에 기꺼이 유혹당하라고, 위로의 거짓말을 속삭였다. 15세기 프랑스 종교회의는 묘지에서 술을 팔지 말라는 금지령을 무수하게 공표했다. 하지만 칙령이 그토록 여러 번 선포되었다는 사실은 역설적으로 묘지가 언제나 술판이 벌어지는 난장이었음을 말해준다. 인간은 술을 들어 밤과 싸웠다. 술은 밤에 예찬하는 삶, 밤에 축하하는 사랑, 밤에 누리는 친교라는 근원적 역설이다. 술은 감각을 날카롭게 벼려 시간을 현재형으로, 최상급의 형용사로 느끼게 한다. 다른 어디도 아니고 "지금 여기에서부터" 우울과 걱정을 사냥한다. 미래를 예기하지도 않고 과거를 기억하지도 않으려는 충동, 시끌벅적하게 떠들어대는 불안한 자의식을 가라앉히는 물이다. 사랑의 묘약이자 망각의 묘약이다. 카

르페 디엠, 오늘을 잡는 마술이다. 15세기 "죽음의 무도Danse Macabre"에서 사신을 만난 농부는 "근심과 고통 속에서 한평생을 살았음"에도 불구하고 죽음에 저항한다. "사람들은 때때로 죽음을 소망합니다/ 하지만 저는 죽음을 피해 달아나렵니다/ 차라리 제가 숨어 있는 포도밭에서/ 비나 바람이 되렵니다."*

그렇다. 그는 포도밭으로 도망치겠다고 말했다. 도망치겠다고. 밤과 술을 논할 때 "도망친다"는 언제나 핵심어였다. 미국의 재즈 시대, 술과 돈이 넘쳐흐르던 벨 에포크에 술과 돈을 글로 환산해 리츠호텔보다 큰 다이아몬드를 깎고 개츠비의 저택을 건설한 스콧 피츠제럴드는 이런저런 장황한 변명을 늘어놓다가 결국, 음주는 "도피"라고 고백했다. 하지만 무엇으로부터의? 벨트슈메르츠Weltschmerz. 바로 벨트슈메르츠로부터의 도피란다. "오늘날 이 세계가 처한 불확실성 탓이야. 모든 예민한 정신은 그걸 느끼고 있어. 과거의 질서는 흘러가고 있는데 새 질서는 과연 어떨까 모두가 궁금해하고 있단 말이야. 새 질서라는 게 과연 있을지 그조차 알 수 없고."** 벨트슈메르츠. 세계고世界苦. 주관적 인

---

* 필립 아리에스, 『죽음 앞의 인간』, 고선일 옮김, 새물결, 2004, 58쪽.
** Olivia Laing, *The Trip to Echo Springs*, Picador, 2013, 85쪽.

식과 객관적 세계의 괴리가 깊어졌을 때 주체가 느끼는 깊은 절망과 불행의 감정. 카프카는 말했다. "세계로 도망치고 있을 때가 아니라면, 어떻게 세계로 인해 기쁨을 느낄 수 있겠는가."* 벨트슈메르츠는 세계가 인식과 멀어진 아득한 밤의 다른 이름이다.

1965년 잭 케루악은 『집 없던 밤의 부두Piers of the Homeless Night』에서 피츠제럴드가 도망쳤던 그 벨트슈메르츠의 밤에 맞닥뜨렸다.

그는 어린아이처럼 열렬히 꿈꾸던 기차를 타고 대륙을 횡단해 솜털 같은 파도 거품이 이는 캘리포니아의 바닷가에 도착한다. 그러나 바다는 대양으로 통하지 않았다. 부두는 시작이 아니라 끝이었다. 그는 삭막한 아메리카에 돈도 없이 갇혔다. 막다른 밤에 봉착한 그는 술을 마신다. "케루악은 희생자라네. 자기 상-상-력의 희생자라니까." 놀려대는 동료의 눈은 밤처럼 캄캄하고 누가 봐도 미쳐 있다. 케루악은 "영원히 아메리카에 체류할 수밖에 없어서" 술을 마신다. "죽은 캘리포니아의 슬프고 바람 없는 연무에 휩싸인

---

* 프란츠 카프카, 『위로 없는 날들』, 박술 옮김, 인다, 2024, 27쪽.

만물은 죽었고 바람도 없다."* 고개를 들어 보면 그 자신의 "핏발 선 영혼" 말고는 아무것도 볼 게 없고, 오로지 "비현실적인 바다에 비현실적으로 비치는 희미한 달빛의 흔적뿐"이다.

또다시 그 밤이다. 흰쥐와 흰 달 외에 아무도 없는 밤에 영원히 갇힌 불사신 포스카가 죽음을 꿈꾸던 밤. 문학의 세계는 영원히 잠들지 못하는 밤의 악몽으로 그득하고 예술가들은 유구하게 술이 열어준 퇴로로 도망쳤다.

> 오 개미들이 술 취한 내 팔을 기어다닌다
> 반 고흐를 옥수수 밭에 앉히고
> 숏 건으로 세계에서 '삶'을 앗아간 개미들이
> 랭보에게 총을 쥐고 달리게 하고 바위 밑에서
> 금을 찾게 만든 개미들이
> 오 술 취한 내 팔을 기어다닌다
> 파운드를 정신병원에 보내고
> 크레인을 파자마 바람으로 바다에 뛰어들게 만든

* Jack Kerouac, "Piers of the Homeless Night", *Piers of the Homeless Night*, Penguin Classics, 2018.

개미들, 개미들, 술 취한 내 팔을 기어다닌다*

찰스 부코스키도 벨트슈메르츠의 밤을 보았고 그래서 술을 마셨다. 그 밤은 "지옥의 식탁"이다. "지옥에서 보낸 한철이 아니라 일생"이다. "만물의 악취, 늙어가는 나. 사마귀로 변하는 사람들, 만물이 사라진다, 가라앉는다." 그러나 부코스키는 에즈라 파운드처럼 미치거나 하트 크레인처럼 죽어버리는 대신 술을 마셨다. "음주는 내가 나를 죽였다가 다시 살려내도 괜찮은, 자살의 한시적 형태다. 음주는 내 팔과 다리와 쪼잔한 거시기와 머리와 나머지를 떠받치는 작은 깁스다. 글은 그냥 종잇장일 뿐이다. 나는 정처 없이 걸어다니다가 창밖을 내다보는 무언가에 불과하다. 아멘."** 쯧쯧, 부코스키가 시를 그저 종잇장이라 믿었다니, 그야말로 아무도 믿지 않을 거짓말이다.

홍콩 작가 류이창의 『술꾼』 또한 필사적으로 술로 도망친다. 이 책에서 술은 문학의 허구와 합일한다. 홍콩이 영국에 잠식되었듯이 술꾼의 의식도 서구문학에 잠식되었다. 제임

---

* Charles Bukowski, "ants crawl my drunken arms", *On Drinking*, Ecco Pr, 2019, 1쪽.
** Charles Bukowski, "To Douglas Blazek: August 25, 1965", 같은 책.

스 조이스를 꿈꾸는 이상은 높건만 입에 풀칠하기 위해 무협지와 황색 음란 소설을 쓰며 매문하는 것이 그의 현실이다. "접착제처럼 기억에 들러붙"*은 현실 속에서는 무도한 역사의 "바퀴가 쉬지 않고 돈다"**. 그 괴리를 견디지 못해 술꾼은 브랜디와 보드카를 마시며 밤을 속이는 거짓말에 머무른다. "태양은 대낮을 좋아한다. 달도 대낮을 좋아한다. 하지만 한밤은 영원히 쓸쓸하지는 않다. 어떤 사람들은 허위를 가지고 노는 것에 능한데 그 누가 기억의 침대 위에 누워 있으랴?"***

"돛대가 없는 배가 시멘트 위를 항해"****할 때 "조계지는 웃음소리의 수용소"*****인 세상, 여기서는 "모든 것은 소멸할 것"******이라는 게 위안의 주문이다. 그래서 술꾼은 술로 도망친다. "현실은 여전히 잔혹한 것이어서 나는 환상의 세계로 들어가고 싶었다"*******면서. 그러나 그 술이 술꾼

* 류이창, 『술꾼』, 김혜준 옮김, 창비, 2014, 27쪽.
** 류이창, 같은 책, 27쪽.
*** 류이창, 같은 책, 20쪽.
**** 류이창, 같은 책, 29쪽.
***** 류이창, 같은 책, 29쪽.
****** 류이창, 같은 책, 20쪽.
******* 류이창, 같은 책, 42쪽.

을 처참하게 배신한다. 절망이 깊은 나머지 까무룩 술에 잠
식되어 제정신의 끈을 완전히 놓은 밤, 술꾼은 자기에게 따
스한 위로를 주던 단 하나의 허구를 제 손으로 망쳐버린다.
제정신이 아닌 상태에서 자신을 죽은 아들이라 믿고 있던
할머니의 환상을 박살낸 것이다. 때로는 거짓일 뿐임을 알
면서도 거짓으로 도망쳐야 간신히 버틸 수 있는 밤이 있다.
역사가 말해주듯, 스스로 거짓이 아니라 믿게 된 거짓은 사
람을 죽인다. 술이 술인 줄 알고 취해서 취한 줄 알면 한세상
달밤을 건넌다. 술이 사람을 잠식하면 사람을 죽인다. 할머
니는 목숨을 부지해주던 단 하나의 꿈에서 깨어 자살한다.

　술은 창조하고 파괴한다. 술은 삶을 주고 삶을 빼앗는다.
술은 밤의 퇴로이고 막다른 밤 그 자체다. 술은 꿈이고 악몽
이다. 『맥베스』에서 맥더프에게 성문을 열어주던 문지기는
지옥의 문지기를 자처한다. 지옥은 모든 것의 의미가 모호
해지는 장소이고, 술이야말로 알쏭달쏭하기 그지없는 수수
께끼다.

　음주는 섹스나 마찬가지로 알쏭달쏭한 수수께끼.

성공하게 해주는가 하면 망치고

세우는가 하면 꺾고

살살 부추기지만 좌절만 남기고

버텨 서는가 하면 아니고

꿈속에서도 애매모호하기만 해서

결국 엿이나 먹이고 사라져버리지.*

술의 거짓말은 신데렐라의 마법처럼 유효기간이 있고 술로 유예한 밤은 반드시 닥쳐온다. 술이 "엿을 먹이고 사라져버리는" 밤은 물로 일렁인다. "누군가는 봄날을 빌리지 못하여 감정의 호수 속으로 뛰어든다"**고 류이창은 썼다. 잭 케루악의 바다. 류이창의 호수. 존 치버의 수영장.

존 치버의 단편 「수영하는 남자The Swimmer」는 "늘씬하고 소년다운 구석이 남아 있는 매력적인" 남자가 교외 주택에 사는 이웃들의 수영장을 헤엄쳐 집에 돌아가기로 마음먹는 이야기다. 수영장의 물은 유혹적으로 찰

* 윌리엄 셰익스피어, 『맥베스』 2막 3장, https://www.folger.edu/explore/shakespeares-works/macbeth/read/2/3/, 2024년 10월 11일 접속.

** 류이창, 앞의 책, 42쪽.

랑이며 의식을 가라앉히는 술의 은유고, 남자는 어느 오후에 "수영장 물에 잠겨" 짧은 생을 무위하게 소진한다. 그가 지인들의 수영장을 헤엄쳐가는 사이 시간 감각이 기이하게 뒤틀리더니 눈 깜짝할 사이 계절은 바뀌고 기온이 싸늘하게 떨어진다. 처음에 친절했던 이웃들의 태도는 점점 냉랭해지고, 그가 재산을 잃고 가족도 잃고 몰락했다는 불길한 암시들이 깔린다. "가스처럼 코를 찌르는"* 가을 냄새에 문득 올려다보니 새카만 밤하늘이다. 겨울의 별자리가 떠 있다. 불확실성이 물밀듯이 그를 덮쳐오고, 남자는 난생처음으로 울기 시작한다. 마지막 수영장에서 물을 털고 나와 간신히 집으로 돌아가지만, 문은 잠겨 있고 불은 꺼져 있고 빈집에는 사람의 기척이 없다. 아주아주 오랫동안 아무도 살지 않은, 을씨년스러운 집이다. 유예한 밤은 불가역적 최종성最終性으로 무장하고 최후의 심판처럼 단번에 도래한다. 타자도 세계도 없는 그 견고한 밤하늘에는 이제 술이 통하지 않는다. 다시 처음으로 돌아왔다. 흰쥐. 파리한 달. 검은 밤.

* 존 치버, 「수영하는 남자」, https://www.newyorker.com/magazine/1964/07/18/the-swimmer, 2024년 10월 11일 접속.

하지만 모든 작가가 밤으로부터 도망치기 위해 술을 마신 건 아니다. 1965년 헨리 밀러는 찰스 부코스키에게 후원금을 송부하며 이 명랑한 편지를 동봉했다. "자네가 죽도록 술을 마시진 않았으면 좋겠는데! 특히 글을 쓸 때는 마시지 말게. 영감의 원천을 죽이는 확실한 방법이니까. 되도록 행복할 때만 마시게. 절대 슬픔을 술에 묻지 말고. 절대로 혼자 마시지 말게!"*

밤마다 쉬지 않고 떠드는 시끌벅적한 마음, 미로처럼 위태롭고 불안한 자의식의 감각은 신경다양인인 내 뇌가 부리는 묘술이었다. 나는 나처럼 쉰이 넘은 나이에 ADHD 진단을 받은 가버 마테의 『흩어진 마음Scattered Mind』을 읽다가 그제야 알았다. 외부의 시각적 자극이 사라지면 우리의 뇌는 도파민을 찾아 사방으로 내달린다. 결핍에 목말라 치달리는 뇌는 심신과 안팎을 가리지 않는다. 몸이 달리지 않으면 마음이 달려가야 한다. 지금 여기가 아닌 어딘가 다른 곳

* Charles Bukowski, "To Douglas Blazek: August 25, 1965", 앞의 책.

으로. 이상하고 신비로운 이야기 나라로. 가버 마테는 나와 똑같은 공포, 똑같은 불안에 시달렸고 신경다양성의 증후는 유년기의 활자중독으로 발현되었다. 엘리베이터조차 책 없이 타지 못하는 활자중독자였던 그는 읽은 책들의 내용 대부분을 기억하지 못했다. 한순간이라도 어지러운 자기 마음과 단둘이 남겨지는 게 두려워 생각을 어떻게든 밖으로 돌려야 했을 뿐 책 읽기 자체가 목적은 아니었기 때문이다. 밤마다 손에서 책이 저절로 떨어질 때까지 활자를 읽다가 잠에 빠졌다고 했다. 나 또한 까마득한 과거부터 활자화된 타자의 의식에 결연히 매혹되고 절박하게 몰입했다. 어린 마음에도 그 필사적인 욕망의 강도는 자연스럽지 않았다. 무언가를 찾아가는 것이 아니라 무언가로부터 피해 달아나는 이상한 마음이 부끄러웠다.

밤마다 나는 기억하기 위해서가 아니라 잊기 위해 책을 읽었다. 오로지 책만이 내 안쪽의 이형異形, 마음의 결핍, 형언할 수 없는 차이의 자의식으로부터 나를 보호해주었다. 그러니까 눈을 뜨고도 악몽이 기승을 부리던 유년의 밤, 내가 매달렸던 책은 문文도 명明도 아니고 그저 술이었다. 위로를 주는 타자 속에 마냥 가라앉고 싶은 의존의 욕망이었다. 나는 캐럴라인 냅이 술을 마신 것과 같은 이유로 허덕허덕 활자를 흡입했다. "저 와인, 저 보드카, 저 버번을 원하는 감정은 어떤 어두운 두려움이다." 무장과 방호의 은유는 내리 이어진다. "그 갑옷이 없으면 세상에 맨몸으로 서게 되는 듯한 허기지고 질긴 두려움이다. (…) 우리 내면에 깊은 결핍감이 있다. 그에 대한 반응으로 우리는 외부의 뭔가에 탐욕적으로, 강박적으로 매달리는 것이다. 그것이 우리 내면의 불편함을 달래줄 수 있다고 믿기에."*

책을 읽고 있는데 느닷없이 손등에 뜨끈한 물이 툭 떨어졌다. 문득 놀라 보니 후드득 걷잡을 수 없이 눈물이 떨어지고 있었다. 기어이 이해받았다는 깊은 안도감이 흘러 나를 적셨다. 드디어 어둠 속의 형체가 보였다. 그들이 본 것을 나도 보았다. 그들이 아는 것을 나도 안다. 그 활자들은 드디어 글이고 빛이어서 내 마음의 어둠에 닿자 괴물이 가시의 영역에 들어와 위력을 잃었다. 문명文明이 자아의 무지, 내 오랜 야망을 밝혔다.

---

* 캐럴라인 냅, 『드링킹, 그 치명적 유혹』, 고정아 옮김, 나무처럼, 2017, 87쪽.

올리비아 랭은 평전이기도, 여행기이기도, 자전적 에세이
이기도 한 『메아리 샘에 다녀오다The Trip to Echo Springs』에서
알코올의존자였던 미국 작가들의 발자취를 따라 여행을 떠
난다. 테네시 윌리엄스, 스콧 피츠제럴드, 어니스트 헤밍웨
이, 존 치버, 존 베리먼…… 텍스트적, 지리적 족적을 추적하
던 랭의 마음을 특별히 사로잡은 한마디는 스콧 피츠제럴
드의 부고를 듣고 어니스트 헤밍웨이가 했다는 말이다. "우
리가 거인을 죽일 때 쓰는 알코올"이 "피츠제럴드에게는 양
식이 아니라 즉각적 독극물"이었다는. 올리비아 랭은 "참으
로 기괴한, 옭아매는" 헤밍웨이의 그 표현에 오래 머무른다.
"거인을 죽이는 양식, 없으면 살 수 없는 독약이라니."* 여기
서 거인은 무엇일까. 랭은 『머크매뉴얼』을 인용해 상습적 알
코올의존자들의 성격적 특징을 되짚어본다. 고립감, 외로움,
수줍음, 우울, 의존, 적대적이거나 자기파괴적인 충동, 성적
인 미성숙. 올리비아 랭은 곰곰 생각한다. "나는 거인이 이
모든 것이라고, 하지만 무엇보다 두려움이라고 생각했다."**

* Olivia Laing, 앞의 책.
** Olivia Laing, 앞의 책, 96쪽.

이 작가들은 공통적으로 자아상에 트라우마로 인한 결손이 있었다. 결핍감. 미성숙. 두려움. 밤에 도사린 헛것들. 알코올 의존증은 기억과 감정을 관장하는 중변연계의 결손과 관련이 깊다. 공교롭게도 뇌의 이 부위는 신경다양성의 여러 형태에도 관여한다.

술이 없는 밤의 중독자와 신경전형인의 세계를 건너는 신경다양인의 체감은 여러모로 유사하다. 우리는 어떤 결핍을 안고 일렁이는 물속 어둠에 잠겨 살고, 세계는 밤 너머에 있다. 쩍 벌어진 그 사이를 술과 허구가 채운다. 밤에 출몰하는 거인이 아닌 밤에 거인을 만들어내는 우리 안의 두려움에 대한 두려움을 술과 허구가 잠재워준다. 그렇게 외부의 물질, 타인의 의식에 "잠겨" 살아가다 보면, 막상 우리 삶의 이야기는 우리 손가락을 빠져나가 망각의 심연으로 떨어져버린다. 하지만 소설을 읽든 술에 취하든 '도망치는' 게 아니라 '다가가기'를 선택할 수도 있다. 소설을 읽든 술에 취하든 '빠져드는' 게 아니라 '갖고 놀기'를 선택할 수도 있다. 도망은 모멸이지만 놀이는 힘이다.

제대로 놀 줄 알게 될 때 우리는 비로소 어른이 된다. 소아정신분석의학자 도널드 W. 위니콧은 『놀이와 현실Playing and Reality』에서 전능에의 환상에 빠져 있던 유아가 현실을 인지하고 건강한 자아상을 갖게 되는 과정에서 '놀이'가 결정적인 역할을 한다고 주장했다. 욕망이 자동적으로 충족되던 자궁 속 상태에서 벗어나 외부 세계의 타자성을 받아들이기까지 유아는 무수한 좌절을 겪는데, 그중에서도 가장 큰 좌절은 바로 보호자의 부재다. 자기의 온 세상인 타자가 사라지는 경험, 무기력한 상태로 버려지는 공포다. 위니콧은 유아가 이 공포를 성숙하게 감당할 수 있게 해주는 훈련이 바로 까꿍 놀이이며, 안전 감각을 발달시키는 데 필수적이라고 보았다.

이 놀이에서는 보호자가 시야에서 사라지는 시간이 절대적으로 중요하다. 보호자가 시야에서 사라져도 유아는 한동안 보호자가 곁에 있다는 감각을 유지한다. 이 존재의 허상을 이마고라고 하는데, 이 이마고가 시간이 흘러 흐릿해지면 보호자와의 안전한 연대감도 서서히 사라진다. 물론 이마고가 사라진 후에도 꽤 오랫동안 유아의 상태는 변하지 않는다. 그러나 시간이 좀더 흘러버리면 유아에게는 지울 수 없는 트라우마가 생긴다. 그러면 보호자가 돌아오더라도 외상은 치유되지 않는다. 유아의 정체성 서사가 복구 불가능하게 끊겨버리는 것이다. 그리고 정체성 서사의 단절은 "광기"로 체험된다. 타자의 부재가 너무 무서워서 제정신을 잃어본 공포가 유아의 뇌에 새겨진다. 세계 끝까지 달려가 봤는데 그곳에서 절대적 부재에 맞닥뜨렸다는 감각, 그 부재 앞에서 철저한 무력감을 느껴봤다는 트라우마는 유아가 성인이 되어서도 비슷한 트리거를 만나면 자동으로 작동한다. 아무리 나이가 들어도 세계고에 맞닥뜨리기만 하면 내면의 아이는 새파랗게 질려 울부짖는다. 케루악은 술에서 깨어나 아이처럼 슬피 울었다. 희망이 없어, 희망이. 집에 가고 싶어. 추워. 살려줘요. 제발.

이때 유아가 타자의 부재와 존재를 경험하는 공간은 내면도 외면도 아닌 "사이"의 공간이다. 이마고는 타자가 한시적으로 부재하는 외면의 현실을 잠시 채우는 유아의 내면이다. 그러므로 "안도 밖도 아닌 제3의 장소"다. 이 장소에서 유아는 장난감으로 보호자의 부재를 대체하고 세계와의 분리를 놀이로 극복한다. 안전한 상황에서 건강한 유아는 이 공간을 주체적 자아가 창조해낸 것들로 채운다. 상상력과 창조력을 마음껏 발휘한다. 하지만 트라우마는 이 능력을 박탈한다. 트라우마는 기억과 감정에 관여해 정체성 서사를 일소하고 안전한 연속성의 감각 역시 영원히 삭제한다. 버려짐의 공포에 질려 미쳐본 유아는 트라우마 이전의 삶과 이어지는 정체성 서사를 쓰지 못하게 된다. 불안해서 놀지 못하게 되어버린다. 놀이하지 못하는 무능력은 외상의 뚜렷한 증후다. 유아는 버려짐의 원인을 자기 자신에게서 찾으며 버려져 마땅한 자기 자신을 혐오하게 된다. 자기혐오에 젖으면 자기다운 것을 상상하지도 창조하지도 못한다. 수치심에 젖은 유아는 순응적인 허위 자아를 발달시키고, 세계와 자기 사이의 그 중요한 공간에 힘 있는 타자가 주입하는 것들을 무저항적으로 받아들인다. 향정신성 물질, 자신을 박해하는 서사, 자기파괴적 허위 같은 것들을.

밤은 사이의 공간이다. 밤은 세계가 벌이는 까꿍 놀이, 세계와 인식의 좁힐 수 없는 간극, 세계고의 원천이다. 악마들은 이곳에서 암약하며 취약한 영혼을 노린다. 『오셀로』에서 이아고의 무기는 취약한 타자의 제3의 공간을 공략하는 술과 허구였다. 이아고는 카시오를 술로 채우고 오셀로를 허구로 채운다. 이아고가 주입되자 그들은 순순히 스스로 자기를 파괴했다.

　이 제3의 공간은 인류 역사에서 문화적 체험이 거주하는 곳이다. 밤이 세계가 벌이는 까꿍 놀이라면, 우리는 그 부재의 감각을 반드시 장악해야 한다. 외부에서 주입된 무언가가 아니라 "우리 스스로 창조한" 놀이로 메꿔야 한다. 나의 시로, 나의 소설로, 나의 노래로, 나의 춤으로. 책을 읽더라도 '내'가 읽어내는 책의 의미를 알고, 술을 마시더라도 '내'가 마시는 술맛을 똑똑히 알아야 한다. 세계가 부재하는 밤의 공간, 불확정성의 공간, 그 미정의 공간을 우리 자아의 창조물로 채우는 법을 배워야 한다. 이 공간을 장악하면 수동성의 모멸감이 사라지고 드디어 의도성의 세계가 열린다. 생애 서사를 주도적으로 다시 쓰는 일이 트라우마 치유의 핵심인 이유다. 나이와 상관없이 그때 비로소 우리는 어른이 된다. 캐럴라인 냅은 술을 끊고 맞은 일상적 생활의 경험에서 처음으로 성숙을 체감한다.

　술을 마시지 않는 사람들, 그러니까 술이라는 정신의 마취제 없이도 하루하루를 밀고 나가는 사람들은 외부의 힘에 막연한 기대를 하지 않으며, 개인의 진정한 힘

과 희망은 외부에서 주어지는 것이 아니라 적극적인 경
험의 축적을 통해서, 즉 자기 앞에 닥친 과제들을 (아무
리 고통스럽고 두려운 일이라 해도) 하나하나 해내는 과정을
통해서 얻어진다는 사실을 터득하고 있다.*

두려움으로써 우리를 마비시키는 거인을 퇴치하려면 다
른 도리가 없다. 고통을 감내하고, 두려움을 걷고, 거인의 얼
굴을 똑바로 응시하는 수밖에. 맑고 밝은 빛과 글로 무장하
고 내 안의 용기를 끌어내는 수밖에. 문학에서도 예술에서
도 위대한 성취의 순간은 술에 취한 감각적 쾌락이 아니라
술에서 깨어나는 고통스러운 찰나의 앎에, 밤에 맞닥뜨려
기어이 환상 없는 적나라한 밤의 요체를 보고야 마는 뼈아
픈 정직성에 늘 대롱대롱 걸려 있다. 세상의 유혹적 허상에
처참하게 환멸을 느낀 호프만은 비통한 슬픔에 젖지만, 그
제야 비로소, 시인 곁에서 언제나 일상의 기쁨과 슬픔을 함
께 나누던 참된 뮤즈가 아름다운 정체를 드러내고 그의 손
을 잡아 이끈다. 머나먼 세계로 달려가 만날 힘, 타자와 나
사이를 아름답게 연결해줄 힘을 (되)찾으려면 반드시 쓰라린

* 캐럴라인 냅, 앞의 책, 156쪽.

맨정신의 통증을 건너야 한다. 내 인생의 서사에서 나를 구해줄 영웅은 오로지 나 자신뿐이다. 둘째가라면 서러울 주당 헤밍웨이는 "글쓰기와 싸움은 차가운 맨정신으로 해야 한다"고 말했다. 글쓰기와 싸움은 어쩐지 동어로 읽힌다. 이 필사의 전투를 치른 후 비로소 우리는 성숙한 평화에 가닿는다.

『허송세월』에서 술을 끊은 김훈은 벨트슈메르츠를 메워주던 취기의 위로를 그리워한다.

내 취기 속에서 북한산의 봉우리들은 시간과 더불어 흔들리면서 흘러가고 있었다. 그 시간 속에 내가 있거나 없거나, 나와는 관계가 없는 일이다. 거기에 내가 없어도 나는 괜찮다. 이날 나는 모처럼 취했다.*

김훈의 술은 추억이다. 지나간 술이기에 지금 이 순간 술로서 작동하지 못한다. 그는 이제 도리 없이 맨정신으로 임박한 밤을 맞아야 한다. 바깥의 고등어 굽는 냄새, 꽃들의 어

* 김훈, 『허송세월』, 나남, 2024, 12쪽.

지러운 냄새, 똥 냄새와 최루탄 냄새는 흘러가고 "육신의 콧구멍"으로 맡을 수 없는 "안의 냄새"가 짙어진다. 바깥 세계가 기억으로 물러나고 서서히 안의 세계가 현재의 감각을 차지한다. 우리 생이 녹아든 냄새, 마음의 냄새만 남는다. 맨정신으로 밤을 맞는다는 건 스스로 묵힌 제 마음의 냄새를 맡는 일이다. 위로 없는 밤에 스스로 빚은 세월을 오롯이 껴안고 사유하고 책임지는 일이다. 밖이 아니라 안에서 고요와 사랑을 자아내겠다는 용기와 투지다.

그러니 어쩌면 어두운 밤 우리에게는 술에 앞서 철학이 필요한 것일지도 모르겠다. 밤의 술을 한껏 향유하고 술 없는 밤을 의연하게 건너기 위하여.

김일두   ⊙   믿고
                    선택한 건
                    이것이다

1

목 터져라

어금니 흔들리게

노래 부를래

_「시 도 레」

"뉘슈?"

"지나가는 나그네요"

손가락 물어뜯어 숨넘어가는 노파에게 피를 짜 먹인 허준은 그렇게 말했다

영과 육, 혼과 신의 허심탄회한 밀착과 분리, 감당할 수 있을까?

배 아픈 아이는 배 아프다고 배를 잡고 우는데 또 다른 배 아픈 아이는 '이게 아프다는 거야?'라며 애매해했다. 예닐곱

꼬마 둘 아이들에게 지금보다 훨씬 더 나은 세상을 건네고
싶은데 내 망가진 머리로는 아무리 생각해봐도 도무지 세상
은……

　'그럼 나라도 먼저 나아져야겠어'

2

　"책은 읽지도 않으면서 글을 써? 웃겨 아주"

　책 읽기가 어렵다
　한때 낮밤 없이 잠깐 틈에도 술술일 때 있었건만
　세상 풍파 인간 만사에 귀한 힘 많이 써
　텔레비전을 더욱 사랑하게 되었고 늘 함께한다
　컴퓨터 인터넷 세상이라 해도 텔레비전을
　그보다 더 소중하게 생각하는 사람 많다

　시장과 은행을 직접 가는 사람들마냥
　고독하거나 뿔이 나 있는 사람들만큼

사십 년 가까이 부끄러운 삶 살았다

게다가 잠자코 있기엔 성질이 급하다

반성, 후회 많이 했다

그리하여 지금

"나는 이메일을 하고 인터넷뱅킹도 한다"

시류를 공부하고 더뎌도 하나씩 실천하고 있다는 말이다

이사한 집에 초와 성냥을 선물하는 까닭?

장날에나 먹을 수 있는 질기지 않은 크은 해삼

그 시절 무대 위 풍선을 툭 쳐 제쳐버리는 피아니스트

이이자나이카, 이이데스 신부님

'이빨 사이 요지 끼고 담배 걸었네?!'

나의 삶과 시류의 중심은 늘 사람이다

집게발에 그 녹색 십자가는 보고도 헷갈린다

3

지 아들 좋은 크레파스 사줄 거라고
넘 담배, 커피 가로채 먹는 참 아름다운 새꺄

내가 세상 사람들에게 받은 사랑이
그 수천수만 곱절인데
그 정도의 아량도 없어 미안하다 새꺄

무언가 그릇에 담은 모냥을 담음새
이거야말로 정녕코 아름답군
정신 빼먹는 대화 속에 있음에
안정감 느낀다니 보통 사람이 아니군

죙일 어질어질하고 불편한 허리, 골반
항구에는 까불지도 않는 세 마리 새끼 고양이
나란히 앉아 뭐라도 하는 듯한 선망旋網 운반 선원들

화창한 날에 비린내는 가벼웠어

비 오는 겨울의 그것과는 완전히 달라

쨌든 이 불쾌한 현기증에 병원 약국 근처를 어슬렁
저리 가다 돌아서 다시 저짝으로 그러다
그늘 어디든 잠깐 서 숨을 돌리고 채우고 뱉었어
까맣고 아주 강해 보이는 고등어 집 철판
선글라스 하나를 두고 서로 봤어. 철판 말야

눈깔 달려 있어 보는 게 당연한데
빤히 보는 정도가 꽤 지나치잖아
말도 없고 말이지

"그래 그 철판 말야"

4

자다 깨서 햇감자를 주문했어
그러니까 새벽인데……

아 모르겠다. 내일 온댄다

9개월 만삭 여인에게 소리쳐대는 새꺄, 아저씨야
약국 가서 판피린이라도 사 먹어. 제발, 엉?

"죄송해요" "죄송하면 다야?"

아 모르겠다. 그래도 내일 온단다 햇감자
별별 꼴 세상 새삼스러워 질리지도 않아

봐봐

어떤 놈은 인정하는데 미안해하지 않고
어떤 놈은 미안하다는데 인정을 안 해
웃기지?
이 두 놈의 교집합은 입만 열면 넘 탓하는 거야
위선 떠는 게 수십 년 솜씨야 으이구

오래 살 거야 너희. 오래 살어

고마워하는 건 자유야

'히히'
내가 가진 그들과의 찬란한 경험들
밉다가도 만나 놀고 싶은 친구들이여

'또 그러면 또 그럴 거야'
누가 걸어주지 않잖아. 걷는 건 나의 힘으로

안다고? 아는 놈이 그렇게 해 새꺄?!

5

까짓 살기로

눈망울 담은 물방울
처음 본 뭉개진 그 눈동자

흐르다 마른 눈물

죽음에 가까워진 건지

너무 슬퍼 결국 다짐했어

슬픈 선입견 누가 잘랐나

용두산 그 나무 그 눈동자

흐르다 마른 눈물

죽음에 가까워진 건지

너무 슬퍼 결국 다짐했어

죽을 때까지 살기로

흰둥이(2010. 2~2023. 5. 5)를 생각하며

구식이면서도 황량한 곳 찾아다녔어

찬바람, 갈매기들 떼 지어 소리치는

비린내와 녹이 그득한 곳

동네 개들도 허술한 집에서 나오지 않는 곳

때 묻고 사나워 보이는 들고양이

어딘가에 도달해 잃거나 잊거나

지나온 무엇들 정작 나아졌지만

더 살기 위해 다른 이유를 찾아야 하는 건

다른 세계로의 진입 또 다른 무엇

아니 본능과 숙명이야

동틀 쯤 시작해

어두워질 쯤 멈추는

매미마냥

6

술'도' 없는 밤(B . C . D - 시 도 레)

Birth Choice Death 술/ 선택/ 없는 밤

허무가 와버렸다

스쳐가거나 피해가거나

어쩌든둥 이러다 말겠지 했는데

왜 이리도 있는 거야 오래

술맛 떨어지게……

딴 나라에나 있는 얘기

그런 나라들 있잖아 술 못 먹게 하는

우리나라 대한민국은 예로부터……

"에 – 헴, 으 – 흠"

음주 가무 연구 발전시켜와

현재 24시간 내내 술 마실 수 있는

그래서 24시간 내내 사건, 사고 발생

사과 없는 인정 반복되는 사과

"진짜 진짜 나쁜 새꺄

그럴 거면 먹질 말어 술"

술 먹어서 기억 안 난다는 놈이
어찌 그리도 '그건 안 했다'
꼬집어 장담까지 하는지 에라이

우리나라 대한민국은 예로부터⋯⋯

촛불에 한 방울 달빛에 시 한 수
"으이구"

7

난 여기 체질이 아닌가 봐
고향에 가서⋯⋯ 고향에 가서?
푸-후 고향은 또 어디야?
그 어디가 여기인가?

"너는 내 인생을 망쳤어

내 인생을 망쳤어 너는"

넋 잃고 자는 저 아이 보니

나는 더 살아야겠다

장백란 781011-2×××××

나는 너를

제 일 로 사랑한다

나는 너를

제 이도 아닌

제 일 로 사랑한다

공초 오상순 할아버지가

말띠에 한여름 생이시지?!

8

1번 수캐랑 1번 암캐가 새끼를 낳았어 두 마리

1번 수캐가 2번 암캐랑 새끼를 낳았네 두 마리

1번 수캐가 3번 암캐랑 새끼를 낳은 거야 또

4번부터는 개판이야 그렇게 세 번을 더 해 1번이

어느 날 갑자기 차에 치여 죽었대 1번이

이상하드라니까 기분이 그 말 듣는데

9

삶은

별일 없다면

길고 지루할 것이며

별일 있다면

슬프고 아플 것이다

뒤꿈치 각질 뜯어 술상에 두는 놈

방파제에서 편지 읽는 놈

다 읽고 담뱃불 붙이는 놈

철로에서 울던 놈 또 그놈이네

삼중의 삼중을 뚫고

꾸역꾸역 들어온

씩씩하고 튼튼한 허무

"뉘슈?"

"나그네요"

그것은 다른 거울

발뺌할 수 없고

앞말 뒷말 달리할 수 없는

참모습 볼 수 있는 거울

염라국 가기 전 잘 보라

저승의 사자들에게 팔 꺾이기 전에

모자란 자식은 고약한 아비 위해
말도 없이 죽는데
잘난 자식들 거짓말 끝도 없어

염라대왕의 증언으로 못된 놈 나쁜 놈
벙어리 셋째 딸 잘 두어 목숨뿐 아니라
사람 구실 하게 됐네 축하해 잘 살아

10

어깨에 힘을 빼고 허리를 곧게 펴
가끔 보란 듯이 씩씩하게 걸어

'나는 평생을 고생 없이 살아왔구나'
오후 두 시 기차를 타고 다섯 시쯤 도착해 다니기 시작했다
먼저 거기를 갔다가 저기로 옮겼고 다시 다른 저기로 갔다
가는 곳마다 사람들의 농담과 재치는 기발하여 웃게 하고
즐거운 상상 하게 하는데 그 모습이 좋아 오래 기억한다

'가만가만 있으니 가마니로 보이나'

용인 그레이트풀 캠프 공연 참 좋았어 자연에서
음악으로 만난 사람들과 함께 운전두 하구
두 명 잘 수 있는 연수원 숙소에서 네 명이 자는데
방×× 손×× 이 두 분 잠들기 전까지는 입으로 떠들고
꿈 세계에 계실 때엔 코골이와 방귀 폭격을

잠에서 깨어 다시 잠들 수 없었던 나는
한밤
그런 그 두 님들 보며 반성했고 마음 고쳐먹었어
십수 년을 나에게 당해온 걸 그렇게라도 풀어야지
'형님, 아우님 제가 죄송합니다 저 자야합니다.
점심 때 노래해야 합니다. 그거 하러 왔거든요'
잘 자는 그 두 님들 흔들어 깨우고 부탁했다
그들은 짜증냈다 빗소리는 차가웠다

11

바람에 슬쩍 묻어 내게 온
들 익은 애기 잎 비릿한 짠 내
골목 그늘에 꼬마마냥
땅과 벽 긁다 밑과 끝까지

떫은 감 그 얘기는 차차

긴 하루 해 질 즈음
내 사랑하는 네온사인
그윽한 거리거리에
누가 있을까 어디로 가나

달무리 그 얘기는 차차

진수영이 홀짝인 건 물인 소주
비닐 밖의 세상은 산책하는 고양이
강아지가 신나 폴짝 빙글뱅글

푸르러 푸르름에 한 컵 소맥

'내게 중요한 건 사랑과 평온이야'
당연하고 자연스러워 어려운 게
그래서 중요한 거야 나는

하루 이틀 집 떠나기 전
아침부터 이리저리하다 헷갈리다
붕붕이 전기 수도 가스 이불 문의 상태
거실 화장실 점검 실내화 리모트컨트롤

에어컨의 자세 일회용 라이터들의 안전성
싱크대의 청결 등등 새 숨 쉰 후

'어-휴 두야'

그렇게 다니다 안 전 귀 가 하면
허무맹랑한 집이 좋게 느껴져
결핍과 감사의 허심탄회한 밀착, 분리

왔던 길 돌아가면

본디 나 있던 곳이지만

여기가 좋아 또다시

큰 바위 큰 바위 걸터앉아

젖은 초 하나 그리고 둘

태 운 다

12

전쟁 피란 고생 자갈밭 자갈치

이북에서 와 여기 한자리에서

평생을 마주하며 60년 장사했어요

"고기와 빵, 담배꽁초가 섞인 그걸……"

저 넓은 항구를 곁에 두고 본 빨래 건조대

쌔려잡아두 죽지도 않는 모기와 모기

죽지도 않고 또 나타나는 떨거지

그 미치도록 대단한 '회복탄력성'

나는 멀어도 한참 멀었다 사람 되려면

잡화점에서 산 매직 스펀지 빨간 가방에 넣고 나와
직진 그리고 우회전해 시간여행 하듯 옛 극장가
아이스크림 슈퍼마켓 마차와 포장마차 오락실
동네 어깨들 그 어깨들의 어깨들 구석구석 빠꾸미들
옛 육교 있던 곳까지 거기서 좌회전 직진 300미터
긴 신호등 하나 건너 90초 기다려 멀뚱한 여인숙
소박한 전당포 저공비행 바다제비들 항구 가는 길

맥주에 떡 구이 위스키에 만쥬 소주에 소금
문성근이 송강호를 까고 한석규를 불렀다

"막동아"

13

화요일 자갈치 사거리 꽃집 앞에서

우연하게 김 형 만남 2년 만에
근처 가끔 가는 곳에 가 호프 시작
각자 네댓 잔 마셨나 어쨌나 쨌든

택시 타고 20분 걸리는 단골집 2차
맛두리 생 기네스 둘 코코넛 워터 둘
더 마시다 나는 먼저 귀가 자정 전
다음날 김 형 안전 귀가 확인 전화

꼭 갚아야 할 외상값 있다고 하여
오늘은 쉬고 내일 가자 해 만남
소주 맥주 마시다 택시 타고 단골집
더 마시다 나는 일찍 귀가 열 시 전

김 형과 김 형 싸움 파출소 병원
경찰서 합의 지끈 전두엽 한숨
그리워라 술 없는 밤

14

1999년 12월 31일 밤 11시 59분
2000년 1월 1일 00시 00분

어마어마했어 그렇다고 생생한 건 아냐
그 느낌 어마어마한 분위기 기적 소리들

'꼬박 1년을 더 군인이어야 하는구나'

삼각지 빠마머리 주인아저씨는 안다
얼마나 하기 싫어했는지 방위병의 자초지종을
세상세상 군대가 제일 싫다던 그 반⁋ 백수 용사
돈 벌려고 장사하는 거 아니라고 막 주던 분
장사 안 되어 버리기 아까운 식재료들 써비스로
애들 팔뚝만큼 불어 당최 무엇인지 모를 어묵
빠마머리 붉은 손으로 무쳐주신 삶은 오징어
화장실 무섭다며 여인숙 옆 화단에다 하라던
플라스틱 불투명 주황 컵 곰팡이 짜식들

딱히 배탈이란 게 없었던 그때 그 사람들

반갑습니다 고맙습니다 고맙습니다

15

밤만의 색과 향
윗집 애들 달리고 떠드는 소리
그중 으뜸은 아이들의 분위기
역사가 이어질 듯한 기분이랄까
그들의 건강과 즐거움 행복이
나에게까지 전해져 참 좋다

'마음껏 달리고 떠들고 해 나도 그렇게'

클래식 기타 다운 비트 스트로크로
가미加味 없는 멜로디 덤덤하게 부르다
당기고 미는 아르페지오 레이저

항구 대교 너머 있는 높은 탑들
그것들 종에 발사한 선율 일빵빵

옆방 할머니에게서 빌린 라디오
꽃병에 한 다발 꽃노래와 한 방울
팔 분의 팔 박에서 칠 분의 팔 박으로
애달프고 명명하며 신도 나는 K PoP

오십도 안 된 그의 손등에 저승꽃
무얼 얼만큼 참어야 피는 꽃일까
외까풀에도 놀란 나는 없다

'달 떴다 달 떴어 그것도 아주 큰 달'

한사코 철부지 아니라던 애어른 웨하스
쓴잔에 돌아가는 삼각지라 했던가
노을은 부대 위를 하늘은 모두의 위를

16

G high에서 Gb Gm F#m F7 Fm

타고 흐르듯 도착한 거기서

한숨 돌리며 물 한 모금 넘길 때

똑바로 뜬 눈 입으로 들어오는

그 물 봤어 눈을 감는 게 아까워

지난 금요일 밤 형 나 형과 함께 남강에 갔어

찐 게에다 해초로 소주 네 병 맥주 열 병

'미쳤다 미쳤어'

택시로 20분 센츄리빌딩 학교 담벼락

가장 싼 생맥주에 서비스 물 한 잔

취기에 뜬 눈으로 입구로 들어오던 액체

나는 그 맛을 몰라 홀짝이는 독한 양주

'너는 정 사장네 할머니 보약 김치를 아나'

산은 산 물은 물

떡은 떡 빵은 빵

천륜은 천륜 보증은 보증

팔이 두 개라 다행인 할머니의 다문 입

삼거리 극락의 코리앤더 쌍화탕

둥글둥글 삼색 별 그 무드 슬픈 청춘들

그 청년은 나에게 말했다

저는 '무너질 자신' 있습니다

이순신 장군님의 죽고자 하면

박찬욱 감독님의 헤어질 결심

청년 최혁의 무너질 자신

아름다운 우리 인생이다

17

딱히 할 일은 없고 시간은 많아
텔레비전 보는 것도 지겨워
바다가 있는 곳에 살아 다행이야
바다로 가면 되거든 뭐든 하니까
걷고 보고 듣고 맡고 생각해

'나는 언제부터 이런 삶을 살았는가?'

2020년 봄
삼 개월 수습 기간이 끝나는 날 회사를 관뒀다
완벽하고 완전하게 적응 실패 역부족이었다
먹지 않던 막걸리를 찾아 먹고 또 먹었다
온 세상이 무서운 전염병으로 초토화됐고
새벽마다 구역질로 잠을 잘 수 없었다
아침 해는 그야말로 정말이지 나를……

'이렇게 술이나 처먹고 있을 수는 없다

언제부터 땀 흘리지 않고 술 마셨는가'

능력 부족으로 회사를 다닐 수 없다면
그 시간에 다른 잘할 수 있는 일을 해야 했다

도둑질, 돈 해먹는 짓, 다른 사람 뜯어먹는 짓
할 수 있었지만 하지 않았다 벌써 했으니까
단 하나, 노래하는 것뿐이었다

"새벽에 별들 올려다보다 훌쩍 울었네
아침 해를 끌어안고 펑펑 울었어"

나쁜 짓 못된 짓 가능한 한 덜 하며
조금씩 천천히 하나씩 해나갔더니
예상대로 몸집은 그 이상 부풀지 않았고
턱선이 보이는 매직을 경험했다
'활 기 유 지 용 맹 정 진'

나쁜 짓 못된 짓 가능한 한 덜 했더니

몸과 마음이 나아지드라 신기하지?

활기 유지 용맹 정진의 정신과 태도를
다르게 해석한 나는 술통을 늘려나갔다
둘에서 셋, 셋에서 넷, 넷 이후로는⋯⋯
하루 먹고 하루, 이틀 먹고 하루⋯⋯

당연히 늘 함께한 작사 작곡 노래들은
각 분야 전문가들과 협업해 발표했다
다음 해 구정쯤 참 열심히 한 대가로
대상을 받았고 봄쯤 또 받았다 '대상'

'나는 대상이 죽도록 밉고 싫다'

어쩔 수 없었다
잘 생각하지 않아도 대충 생각해도
많은 게 기억났다 뭐랄까 분명하게?
맹랑하고 덜떨어진 나의 행위들

'Oh Yeah!!!'

대상 수상 이후로 지금까지 이렇게 산다

삼거리 추어탕 주인 어르신들
깡통시장 군밤 할머니 건강하세요

18

좋은 기분으로 만취했다 극락이 모래내에 있었다
어창에 가득한 생선들 보며 죽을 고비들을 떠올렸다

'하디 말디'

재떨이에 케첩을 짰어 그리고 「시 도 레」를 틀었구
환풍기는 켜뒀는데 노래랑 연주랑 잘 어울려
건조한 얼굴에 스프레이 뿌리고 로션을 바르니

.
.
.

1998년 12월 24일 밤 삼팔선 가까운 시골길
캄캄해 깜깜한 뭣도 보이지 않는 생생한 밤
그 멀리 십자가와 색색의 등 별도 좀 있었어
정말이지 그 빛으로 앞 군인의 뒤꿈치만
바람도 없는 처음 겪는 차갑고 추운 그런 밤

.
.
.

불쑥 터져 나오는 오래전 기억들, 에라이
기억하고 싶지 않아도 기억이 된 것들
얼마나 아름다운지 몰라 흉터들
오랜만에 입어보는 쓰리 버튼 회색 마이
너를 위해 십오 리 길 그러니까 육 킬로미터
양어깨로 물동이 지고 애낀 숨으로 엉?
차가운 정
하늘 가운데 떠 있는 달

나는 가슴이 아프다

개소주집 그 친구들

잘 지내고 있을까?

일 년 만에 찾아간 광주 금남로

충장로 우체국 앞에서 이리저리

주현미와의 역사 여행 새끼손가락

한낮 한밤 정 형은 말했다

자신에게 빚지지 마

'혹시 미래의 너 자신에게 빚지지 마?'

일요일 백석에서 나눈 애껴둔 탁주 둘

왜, 현해탄에 몸을 던졌나

이 세상 진실은 죽었어

무병장수가 없는 것마냥

뭐여 여태 진실 타령이여?

일로 와 일단 이거 한 잔

넘겨 목구녕으로 좋지 기지?!

너 같은 놈 오래 살어야 돼야

금요일 진주 일요일 광안리

화요일 광주 수요일 21:52

이 밤에 커피 밤에 커피는

의도를 담았어 이마빡 팔꿈치

여기요 한 병만 더 주세요

술은 주고 도로 뺏는 힘 있어

별 도움이 안 되드라 이젠

말 새끼를 망아지 개 새끼를 강아지

소 새끼 송아지 양아치 새끼 양아리

'고 백 해 새 꺄'

어릴 때 꿈이 음악가였으니 음악가는 됐고 이제는?

무얼 어떻게 해야 할지 모르겠다 조금 지친다

19

여기서 쓰러질려고 여태 버텨온 게 아니다

초저녁부터 기미가 보였다 비가 왔다 밤에
「로빙화」「위대한 비상」 몇몇 영화가 생각났다
백년 전 세상 1923년 아버지는 1942년
나는 1978년 지금은 2023년 뭐야 도대체
주먹 두 방 받아내고 구겨진 쇠 컵으로
긁어 담은 흙 곪은 상처에 문지르는 짓
왼 복숭아뼈에서 무릎까지 타고 올라간
북극성 북두칠성 닮은 염증 담배빵들
삼 년 전 도랑에 빠져 다친 오른 발목은
본래의 그것으로 돌아갈 수 없다 절대
나는 이토록 아름답고 아픈 세상에 있다
쉬고 싶을 때 쉴 거라는 연두를 존경해

연기는 느긋한 파도를 탄 사람처럼
내게로 왔고 난, 불이 났나 확인했다

물 마실까 하다 돌아섰다 뽀 뽀 풍 년
여름도 기울어 가을에 가까울 때부터
늘 취한 채로 때론 많이 취한 채로 있었다
같은 영화를 드라마를 토크쇼를 보는 게
지겨워졌고 그만큼 더 취기를 보충했다
좋아하는 음악들 충분히 들었을 때엔
나의 신곡들을 끝도 없이 들었다 참 좋다
산 넘는 오후의 해가 앞 호텔을 비췄다
바다는 시커멓게 변해갔고 배들은 그다지
그다지 커 보이지 않지만 실은 엄청 크다
머리 단정하게 이발할까 했는데 그 집은
쉬는 날이고 밖으로 나가고 싶지 않았다
발목과 팔꿈치에 파스를 붙였고 돈을
주기적으로 뜯어가는 기업의 메시지 받았다
당연히 뜯어가겠다는 내용이었다 성실해 늘
술을 끊었어? 그랬단 말이지? 좋은 생각이다
나를 위해 시원한 맥주 세 병 달라 했다

한 이틀 뭉그적대다 금요일 서울 공연에 갔다

삼팔선 가까운 서쪽이라 역시나 추웠다 까짓 뭐
저녁 전이라 하늘이 어두컴컴했는데 그래서
이십 년도 더 된 카키색 봄 잠바가 더 이뻤다
쨌든 추위는 잠깐 제쳐두고 공연에 집중했고
마지막 밤 기차로 나의 고향 부산으로 돌아왔다
이것저것 정리와 샤워를 마치니 새벽 두 시쯤
붕붕이는 춥다고 냥냥대고 그런 식으로 살지
말라는 눈빛과 함께 하품을 했다 미안할 뿐임
시시콜콜한 얘기의 대가 용호백작 호 작가
그는 서면이 낯설지만 괜찮다며 들떠 보였다
약속 장소까지 한 번에 가는 버스를 탔는데
절반도 못 가 내렸다 15분 기다린 그 버스
한 좌석 늠름하고 당당하게 차지한 43번
토요일 저녁이라 엄청 막혔다 나는 몰랐다
다시 말하자면 잊어버렸다 알고 있었는데
뭔가 알 수 없는 만족감 같은 게 들었는데
그걸 활자로 표현하기가 어려우니 이해 요망
지하철로 갈아탔다 금방 와서 금방 도착한
서면에는 사람, 사람이 가득했다 도시다

그야말로 도시였다 시간 남아 부전시장 갔더니

좋아하는 것들 천지였다 사람보다 더 많았다

사람이 더 많은가? 쨌든 용호백작을 만났다

그는 낯설어하면서 들떠 있었다 배고파 보였다

나는 배가 안 고프다고 했다 뭐라도 먹자 해

뭐 드시고 싶으냐 하니 남이 구워주는 돼지고기

용호백작은 뭐가 달라도 참 다른 사람이었다

서면 같은 곳에서는 그 정도 해줘야 한다는데

남이 구워주는 돼지고기라니…… 진짜 맛 좋았다

20

일요일, 잠에서 깨 두어 시간 지났을 때, 거기서 다시 두어 시간 더 지났을 때부터

배에 탈이 났음을 알게 됐다 심상치 않았다 진짜 진짜 좆이 떨어질 것 같은

대장 내시경 이후로 두 번째 경험이었다 기운이 아주 없었지만 기어가진 않았다

　월요일 새벽 조금 나아진 듯해 편안했고 몸무게 3킬로그램이 빠져 있어 좋았다 홀쭉했다

　단골 내과에 가겠다고 일찍 나섰는데 또라이마냥 병원엔 가지 않고 추어탕 집 앞

　문 닫혀 전화했더니 당분간 장사 안 하신다드라 녹두죽 전복죽 사 들고 귀가했다

　본디 계획대로 병원에 가야 했다 월요일 밤 서럽고 무서웠다 어지러웠다

　도저히 안 될 것 같아 조금이라도 기운 있을 때 병원에 가자 마음먹은 게 새벽 5시

　응급실의 보안 요원 수납계 간호사 의사 선생님들 보니 좋았다 주사 맞고 싶었다

　수액 맞는 동안 왜 병원에 가지 않았는지 생각했다 무식한 자가 진단이 문제였다

　쨌든 일곱 시쯤 귀가해 아홉 시 가까운 그 내과를 기운 없어 택시 타고 갔다

　의사 선생님은 걱정도 병이 되니 염려 마시라 하셨고 나는 그 말 그대로 따랐다

　금주했고 금연은 못 했다 커피 대신 코코넛 워터로 취했

고 빨래와 손발톱 정리

소식과 운동, 성실한 투약 사흘 했더니 차 마시고 싶드라 많이 나아졌다는 뜻?

무식한 자가 진단 그 후회가 짙어 술은 참았다 묽은 커피 한 잔 마시니 좋았다

'38 없는 화투판/ 분단된 우리나라/ 멈추지 않는 배탈/ 생로 다음 병사'

자연스럽게 시상도 떠오르고 참 아름다운 우리 인생이구나 생각할 때 용호백작

기막히게도 어떻게 알았는지 놀자고 연락 왔다 쫄면서 한 잔 두 잔 넘기는데

걱정도 병이 되니 염려 마시라는 의사 선생님 말씀이 큰 힘이 되어 쭈욱 했다

21

2023년 11월 18일 토요일 상수 쪽 한강변 고라니

정겨운 오두막 강가 숲에 모여 다니는 참새들 애연가들
도시로 사회로 세계로 하늘로 간 친구들 위해 기도한다
불행하지 않다면 그것이 행복이라는 선생님들의 말씀
진즉 알았더라면 함께일 때 건넬 수 있었을 터인데
술도 없는 얼떨떨한 밤 구덩이에 내던진 요 마음
차라리 술과 끄트머리 오락가락 술 동무들에 미쳤다면
사람의 애정은 바란다고 받는 게 준 만큼 얻는 게 아냐
강바람 차가웠지만 사람과 음식 정과 흥 훈훈했어
밤새 내린 눈에 나의 쪽 찢어진 눈도 부셔 맑고 밝은 날
기지개 켜는 그 사람 허리춤에 수갑과 '정신봉' 좋았어
전신주 끝 침에 걸린 내가 마주한 하늘의 절반을
마주한 하늘의 절반을 가득 채운 둥근달 비극 비극 비극
각자 세계의 독특한 자구책들 콧잔등에 상큼한 분 향
다짜고짜 다르다는 파란 바다 푸른 바다 응 달라 다르지
오전 여섯 시 이른 아침에 죄송해요 참 바르고 착한 양현

석 군

"지금 술 먹고 돈 없어 계산을 못 하는데 30만 주쇼"

여러모로 아름다운 그것이었어 역사의 랑데부
산천초목 겨울바람 바다도 파아란 연주곡 질문 하나
호롱불 꺼져야 더 선명한 족두리 새색시 뺨 홍조
그제 어제 이틀 쉴까 말까 몸과 혼의 의견이 달라 지금
또 또 놔버릴 테지만 가까워질 거야 차차 사과 갈비
뭐가 그렇게 극단적이야 척은 다 하면서 갈래가 없어
몰래 발뺌이나 할 때 써먹는 그 불쌍한 다양성 으-휴
가끔 좋아 괜찮아 더 살아도 그 모습 그대로 그 모양
적응 마 이토록 아름다운데 지랄 염병으로 일관된 삶

22

감기 핑계로 아름다운 무위도식 사흘 그다음 날
확실히 달랐다 컨디션이 좋아 오전부터 놀고 싶었어

따듯한 물로 입을 헹구고 천천히 물 한 잔 마셨다
깔깔하던 목이 꿀 바른 것마냥 매끈해 침 삼키기 좋았어

'깊고 높은 산에서나 만날 수 있다는 이끼와 차돌 물
더티 아트 클럽의 네 시간이 훌쩍 넘는 믹스 비디오'

한 달 전 왔던 감기는 보름을 앓다 물러갔는데 음……
살면 살수록 알 수 없는 것들 천지다 천지인 천치마냥
제 할 일 야무지게 하는 화장실 환풍기는 듬직했다
깨끗하게 씻고 커피 한 잔 내리는데 회사 생활 상상했어
이 시간 사람들은 바쁘겠지? 만감이 교차하는 데까지 다
녀왔다
기가 막히게도 오랜만에 용호백작 전화 와 놀기로 했다
시내 역사박물관 구경 중이라고 해 거기서 보자 했어
오랜만에 만나 바닷가로 갔는데 다행히 덜 추웠어
그래도 바닷가는 춥다 마음의 준비 없으면 더 추워
북쪽 사는 친구들은 기온 그 숫자만 보고 거긴 따뜻하지?

'땀띠 나겠네'

그래 맞다 확실히 다른 곳보다는 덜 추워 그렇다고
따뜻한 건 아냐 겨울 바닷바람 칼바람에 목 날아가
왜 말꼬리 잡아 이러느냐면 진짜 춥거든 참고해
쨌든 항구 걸으며 꼬치꼬치 다짜고짜 따따부따 시시콜콜
두어 시간 걸었을까 장어들 방생하는 아주머니 둘 봤다
방생 지점에 가끔 보이던 숭어 떼 대신 갈매기들 있었어
까만색 오리 닮은 철새도 두세 마리 보였다 닭은 아니야
용호백작은 저녁 뭐 먹을 거냐 물어 밀치 먹자 했다
숭어 떼 생각이 그렇게 연결된 건 밀치 제철이기도 해서
다섯 시 진미집에 도착해 소주 맥주로 밀치를 기다렸어
내가 이토록 좋아했던가 밀치를 그래 맛있는 기억!!
용호백작은 그사이 만난 옛 친구들 얘길 하기 시작했다
세상에 초인적인 사람이 많음을 새삼 알게 된다
특히 용호백작이 그중 한 사람인데 활자 설명이 어렵다
남편은 죽고 아이는 아프고 어머니는 치매인 사람의 심정
어떤 상황 환경과는 상관없이 슬프게 태어난 존재들
뉴진스와 이오공 백발 신사 키보드 연주 따닥발 댄스
물 한 잔 마시고 따듯한 커피 고로케 웨하스 맥주 다섯 병
한밤 그 골목길에서 피운 담배 연기 뒷모습 용호백작

23

서로는 몰라도 떠돌고 있다는 것은 알고 있었다 보이니까
정말로 중요한 눈빛은 다들 비슷했다 반갑고 힘 나는 빛
사이좋게 정들어 붙어 있는 포장마차들 사람과 사람들
꺾은 잔에 가득했던 그 술은 목구멍에서 심장으로 위로
긴 신호등 문 닫는 의류점 도란도란 고성방가 아저씨들
갑자기 휙 돌아 한 재채기 애정 담아 바라봐주는 아주머
니
늘 다니고 떠도는 항구에 도착했을 때 내 꿈보다 높은
반달에다 팔 뻗어 손으로 움켜쥐는 시늉을 했더니 닿았다
해수면에 스며든 색깔들 '불빛'에게도 인사했다
새 단장 그 파란 배 고삐를 붙든 닻줄 걸이에 걸터앉아
누가 무엇이 울렁이는지 눈 감고 온몸으로 느꼈다
삼팔선 가까운 친구는 눈으로 오더니 비가 되어 내린다며
한 달 가까이 금주 중이라 했고 태어나 처음 듣는 얘기라
반가우면서도 걱정이 되는 여러모로 복잡한 감정이 생
겼다
침 한 방울 날 틈도 없는 빽빽한 목마름 왔을 때 차분히

'눈물 상상해 몸속 곳곳의 수분을 끌어올려 분명 있어'

몇 해를 연구하고 훈련해 알아낸 방법 중 하나다 된다
당황하지 않고 차분하게 대처하는 것이 핵심이다 핵심?
쨌든 느닷없는 갈증과 친구의 얘기로 한밤이 되었고
습관적으로 빠져드는 세상사 미궁 미로 뭐 그런 거에서
헤어나오기 위해 이런저런 궁리했고 잠은 오지 않았다
분위기는 참으로 중요하다 명절 연말 새해 있잖아 분위기
무어라 설명하기 어려운데 무언가 분명코 있는 그런 거
그렇고 그런 분위기에 취해 중 2 때로 갔는데 난 알아요
서태지와 아이들의 춤과 노래 교회 수련회 샬롬 통기타
사이렌에 정신이 바짝 들었을 땐 잠도 아닌 새벽이었다
방 밖이 보이는 게 거북해 돌아누웠다 눈으로 와 비로……
수십 년 전의 또렷한 기억들 때론 나의 기억력이 싫다

'괴롭고 힘들어해라'

24

'이 밤 이런 밤도 이제는 지겨워 그래도 시간이 천천히 가 좋아'

기상과 취침 시간의 철폐 그따위 것이랄 것 자체가 없는 붕붕이가 기술의 발달 발전으로

편해진 세상의 상징인 실외기 위에서 세상을 보는 건지 따로 하는 게 있는 건지

무얼 하는지 당최 알 수가 없어 답답하고 미칠 때 많다 서로 필담은 상상도 안 한다

착한 흰둥이 붕붕이 애들마냥 애들 천 분의 일만 해도 사람 구실 사람 대접 받을 텐데

기발하고 독특한 생각과 결과물들 쏟아져 나와 내 속까지 까뒤집는 그놈의 긍정이

이토록 어마아마하게 아름다운 세상에서 계속 살 이유 공급한다면 분명 그건 그거야

평생을 원하는 대로 하고 싶은 대로 살았다 넉넉하게 사랑 많이 받고 용돈도 좀 받고

'그러고 보니 나는 아직도 아버지의 용돈으로 살아가는구나

고맙습니다 아버지 기왕 이렇게 된 거 조금 더 주세요'

아내와 다섯 아이와 행복하게 살면서 열심히 택배 일을 한다는 그 집 남편

그 힘은 어디서 나오는 걸까 생각하며 내리막 걸어가다 틀어진 겉옷 수선하고

사거리 담배 가게 지나쳐 신호 건너 잘 걷고 있는데 웬 스님 한 분이 이것저것 건네며

시주하라길래 돌려주고 다시 걸었다 걷고 노래 듣는 게, 작사 작곡이 일이었다

그렇다 하자 그렇게라도 말하지 않으면 솔직히 나두 내가 뭘 하는 놈인지 모르겠다

평생을 원하는 대로 하고 싶은 대로 살아온 존재로서 이제 와 모르겠다는 거 이해된다

쉬지도 않고 걸어 걸어 항구 대교 건너 섬으로 골목 안 커피 가게 문 닫았고 쇠에 불질

하는 곳 그물 철 뭉텅이 쌓여 있는 곳 뭉쳐져 몰려 있는,

몰려 뭉쳐져 있는 배들 지나

오래된 다리 건너 자갈치로 나왔다 걷고 걸었지만 쉬지 않았다 반가운 감각이었다

집으로 가는 길에 산으로 빠졌다 대파 양파 사 들고 집 도착했을 때 허리가 아팠다

주방 분리수거 구역은 엉망이지 진창까지는 아니었다 싹 다 치웠다 생활 쓰레기까지

흰둥이 있었으면 더 많이 나올 텐데…… 서로를 위해 기도하는 건 기쁘기도 슬프기도 하다

'썩은 초콜릿 무참한 패션 추잡한 스타일 드러운 스윗 오늘 아침 헷갈리는 기상 나발'

25

이건 짐승의 냄새 나에게서 나다니 살아온 인생 되돌아보니 그런가 봐

아직도 멀었어 시궁창에서 이건 짐승의 냄새 나에게서 나

다니 나는

　짐승인가 봐 아무래도 그런가 봐 오뉴월 그 서리에 나가 떨어진 청춘

　아직도 멀었어 원한의 시궁창에서 탑과 탑 사이 눈빛 의지 아니 투지

　살자니 죽자니 청춘 역시 멀었어 사실 말야 이제는 좋아 나다와서

　복대 찬 야채 트럭 그 어떤 인간 시시때때로 뜨거움과 따뜻함 사이의

　후라이드치킨에 취해 나 아직 안 죽었어 이 바이브레이션을 보라구

　불 없어도 바람으로 담배를 피우는 종자야 내가 119가 몇 번이야?

　119가 몇 번이냐구?!! 있거든 죽어도 할 수 없는 말 나는 할 수 없다

　일월화수목 다섯 날 보내고 도시를 떠나 더 복잡한 빠른 도시로 가는

　기차 안에서 혼자 있을 아이를 생각하다 혼자 떠난 아이

도 생각했다

　마음이 더욱 아파져 찡일 또라이 미친 자식으로 떠돌아다
니기 전에

　나라와 국민을 위해 청춘을 바쳐 사는 군인들 생각으로
얼른 바꿨다

　그들의 모든 훈련과 휴식을 위해 기도하며 감사하고 감사
드렸다

　세상 여기저기서 한창인 전쟁들 얼른 끝나 아이들의 따뜻
한 성탄절……

　오후 두 시 바다는 파란색 물은 맑은 투명 커피는 거무스
름했다

　선생님의 정공법은 자만하지 않는 것이었고 복에 겨운 허
무를 즐겨보는 것이었다

　몸과 마음을 잡아 흔드는 것들에 며칠 젖어 있었더니 기
차는 더욱 빨랐다

　추운 날에 활기를 유지하는 것은 더욱 어려워 때론 정신
을 놓기도 했다

　간단하게 말해 어떤 상황이고 나발이고 간에 세면을 하고
로션 바르고

따듯하게 입고 양말 신발 신고 집 밖을 나가 어디든 걸으
면 되는 것이었다

왜 이게 어려운지는 각자의 이유가 있어서인데 이유 없는
건 없기 때문

담배 한 대 피우고 배 속을 비웠다 액체 종류만 먹었다 결
국 술을 찾아

마셨는데 세 시 반쯤엔 취기가 느껴져 시간이 더디 갔다
골목골목 숨어

있는 술집 대문들 4층의 어두울 때도 밝은 그곳은 역시나
훤했다 기차 안?

잠이 왔다 잠이 와 자다 깨 집에 물 코코넛 사과 배 미역
케이크 커피 돼지고기

얼음 마늘 고구마 대파 양파 달걀 김치 계란 떡 어묵 소주
맥주 양주 막걸리

탄산수 콜라 사이다 가쓰오부시 멸치액 당면 참치 메밀국
수 라면 고추장 된장

햄 소시지 쌀 콩 잡곡 와사비 굴 미소 우동 다시 건더기
스프류 굴류 냉동식품류

식용유 들기름 참기름 후추 전분 소금 히말라야소금 초콜

릿 전통주 웨하스

팝-콘 Pop-corn? Cool!! 강냉이 강정 유과 무 간장…… 미운 마음 결사반대

나쁘고 못된 생각을 지금보다 적게 혹은 지금 정도만 해보자고 하는 노력들

심 지 어/ 케이세이코이와京成小岩

혼자 술 먹는 버릇 고치든가 버리든가 고치는 건 결국 뻔하니까 버리자

과음을 삼가고 다연多煙을 삼가자 춥고 귀찮아도 나가 걷고 겨울 채소들

잊지 말고 잘 찾아 먹자 고기류 적게 먹고 해산물 수산물 잘 해 먹자

된장국은 좋은 선택이었다 고추장으로 갔으면 부담됐겠다 안 돼 치킨

현금을 찾아 지갑에 넣는 모습을 쳐다보는 그 아저씨는 분명 내가 아닌

나의 지갑을 봤다 눈길 눈빛의 이동은, ……느꼈다 한두 푼

드릴까?

그는 다가와 말했다 그러한 상황에도 경험이 지혜가 발휘되어 차분하게

오천 원 드렸다 만 원 드릴까 하다 찬바람 밖은 제법 추웠다 괜찮으나

괜찮지 않은 많은 사람 그리고 사람들, 더 많은 사람 생각나 복잡했다

은행 옆 트럭 뒤에 자리 잡고 한 대 피우는데 하수구 냄새 올라와 하늘

보며 마저 피웠다 맞은편 유리 집 아저씨 멀뚱한 기술로 눈치를 날렸으나

나는 바로 피했다 흘려보냈다고나 할까 아저씨 저는요 자유롭게 할게요

돌아다니다 귀가하는 오르막에서 은행 눈길 눈빛 그를 다시 마주했을 때

만 원을 더 드렸다 그렇게도 추울 때 한 끼 먹고 목욕탕⋯⋯ 한잔 술 했다

26

멀쩡한 밤 보내기 위해 멀어지자 했지만 잊지 못하는 그 정분

하늘이나 땅이나 막을 수 있을까 꾸준했던 그 오랜 애정 말야

나 자신이 하늘이다 땅이다 사람이며 불이다 오상순의 혁명이다

내리막 따라 더 가서 닿은 전신주 축축한 전원 레버에 뻗은 팔자

'이 세상에서 오직 너만 나에게 그래도 돼'

오전 서쪽 시외버스 터미널은 북적였다 사람만큼 짐도 많았다

맑고 밝다는 걸 나중에 알았다 부산에서 전주 전주에서 군산으로

두어 시간 갔을까 지리산인가 어디쯤인지 하얀 눈 하얀 눈 보였다

아주 하얘서 빛났고 답답한 가슴 아픈 마음은 뒤숭숭하니
그랬다

친구의 아버지를 만났고 오랜만에 친구도 만났다 담배도
피웠다

산 자와 죽은 자에 대해 생각했고 붕붕이 잘 있을까 눈물
핑글 했다

아버님이 챙겨주신 미제 도넛들 난전에 별 가방에 잘 챙
겨뒀고

다시 버스를 기다렸다 저녁 여섯 시쯤 전주에서 군산으로
가기 위해

금요일 퇴근 때라 그런지 여기저기 많은 사람 자동차가
보였다

창밖 어두워 저 멀리 드문드문 보이는 불빛에 홀리어 평
온했다

기사님의 혼잣말은 언더그라운드 해적 방송 같았다 욕이
많았다

볼륨을 높이고 싶었지만 그건 아저씨의 자유였다 몸에 힘
을 뺐다

저녁 군산 버스 터미널은 고요했고 사람들 자동차들······
어디 있을까

군산 시내버스는 재밌게도 날 신나게 했다 아이였을 때
버스로 한 유랑만큼

몇 정거장 지나 어두운 시장 길에서 한 사람 내렸다 기사
님 나 둘뿐

온 세상이 고요했고 불빛들 따듯하고 밝았으며 또한 어둡
고 추웠다

최첨단의 시대라 목적지 잘 찾아갔더니 사람들 친구들 많
았다

작은 골목 사거리 모퉁이에 있는 수복의 알라는 나를 반
겨주었고

해무를 가리키며 또 다른 친구들이 있다며 인도해주었다
곰 마 왕!

늘 하트하트한 콘트라베이스는 전화 통화에 완전한 집중
중2었고

해무 속 색소폰과 피아노는 소주 아닌 다른 술들을 열심
히 공부 중2었다

배가 고프니 바람이 더욱 차게 느껴져 얼른 수복으로 돌

아가 앉았다

무 조림에 특별한 곡주 한 컵 마셨더니 덜덜 떨리던 몸 조금 따뜻해졌다

친구가 건넨 손난로 뒷목에 올려뒀더니 제법 따뜻해져 떨기를 멈췄다

그렇게 마셨고 먹었다 틈나면 태웠고 또 마셨고 먹었더니 잠이 왔다

자정쯤 연주를 마친 세 친구는 북쪽으로 간다며 떠났고 잘 가라 했다

알라는 동산 아래 따듯하고 밝은 집을 내주며 편히 잘 자라 했다

간단한 세면 양치 후 꿈 세계로 갔는데 방바닥이 무척이나 뜨거워 깼다

언제 들어와 자고 있던 건지 알라도 분명히 뜨거워하며 자고 있었다

이부자리가 모자란 건지 그는 정말로 맨바닥에서 자고 있었다

오전 아홉 시쯤 깨어 한 잔 물로 입 헹구고 나머진 마셨다 물맛이 좋았다

군산은 휑했고 바람이 상쾌해 숙취 해결이 되는 듯했다 배고팠으니까

알라의 소중한 잠을 방해 않고 뭐라도 먹겠다고 집을 나섰더니 추웠다

게다가 어디가 어디인지…… 밤에 취기 따라 왔더니…… 당최 모르겠드라

스무 발짝 걸었으려나 추위와 피로가 몰려와 돌아간 그 집은 최첨단

최첨단의 비밀번호 도어록 시스템 그런 건데 비밀번호 몰라 문 두들겼다

알라는 잠결에도 친절함을 유지하며 문을 열어주었고 본디 자신의 것인

매트리스에 편히 누워 꿈 세계로 가는 모습을 지켜봤다 나는 고민했다

'친구의 냉장고를 열어볼까?'

아담하고 세련된 그의 주방에서 요리사의 진지함이 느껴졌기 때문이다

그의 사생활일 수 있는 냉장고는 제쳐두고 다른 걸 찾기 시작했는데

아이돌이 모델인 한정판 콜라 있었고 라면과 즉석 밥 비스킷 견과류 정도

찾았다 라면과 즉석 밥을 선택하고 냄비와 물도 준비했건만 가스레인지가

아니었다 전기로 열 내는 최첨단의 그런 것인데 할 줄 몰라 전자레인지를

찾기 시작했다 분명 있을 텐데 어디 있는지 몰라 일단 담배 한 대 피웠다

느닷없이 광적인 허기를 느껴 창밖을 보니 밝았고 침착하게 다시 찾았다

기가 막히게도 실용적인 공간에 수줍게 있는 이쁜 전자레인지를 발견했다

여차저차 군산의 아침 식사는 1999년 이후로 처음 먹는 라면 뽀글이였다

그야말로 생명 밥, 지금 생각해도 진짜 진짜 맛 좋았고 충분했다 ^_____^

해무 속에서 라이브 그리고 부산으로의 귀가를 위해 준비

했고 다녔다

　보리 커피를 마셨고 쌓인 눈과 세 마리 고양이에게 반갑
다 인사했다

　친구들은 특별한 김칫국에 해장술 마셨고 나는 그 모습을
눈에 담았다

　바람 불었고 비도 내렸다 최선을 다해 노래했으며 모두에
게 감사를 드렸다

　잘 있으라 인사하고 오래된 방앗간 쑥떡 사 별 가방에 잘
넣었다

　군산에서 부산으로 가는 저녁 버스 안 네 시간 내내 많은
걸 생각했다

　생각이 멈추질 않았고 별별 감정이 들쑥날쑥 뒤죽박죽 잠
도 오지 않았다

　'미친놈 정신병 내가 돌았나 도넛이나 쑥떡 먹을까……'

　어쨌든지 잘 놀다 안전 귀가하니 붕붕이는 이제 오냐며
냥냥 반겨주었고

　신선한 물과 좋아하는 간식으로 화답했다 짐을 풀고 한참

을 앉아 있었다

　그 밤 동북쪽으로 부는 바람을 보았다 눈물과 후회 그리
고 미안함과 고마움

　나는 살아 있다

27

　맹렬하고도 결국 반가운 이 허무에 혼의 진津까지 게우고
어물쩍

　아프거나 더 아프면, 아주 아프거나 죽도록 아프면, 술 없
는 밤도

　그런 밤도 생각할 겨를도 없겠지 영과 육, 혼과 신의 분리
또 밀착

　그것은 강력한 조치 꾸부렁 철 담 구식 외등 고무 다라이
그마냥

　산 그리고 저기 항구 자정 안개 빨갛지도 붉지도 흐리멍
덩 십자가

다시 우는 아이 넓적 잎 목련 짖는 개 박자 탄 걔들 그사이 드디어

애 그리고 심정적 야전군 나와 조금 더 가까워지는 비로소 그런 밤

'뭐가 왜야? 마시자 차라리'

사십 년 가까이 부끄러운 삶 살았다느니 떳떳했니 안 했니 어쨌니

또 또 이런 생각할 때쯤 부산항 어딘가에서 경건한 음악 하늘 타고

나에게 닿았다 그건 기적 소리였는데 다시 또 고개를 들고 말았어

무어라 마 울대 넘어 혀뿌리까지 찬 말 터져나와야 쉴 수 있는 들숨

죽을까 걷지 않을 때 걸었어 나는 살까 해서 자유보다 사랑하는 여인

팔뚝에 빨대 꽂은 모기들 죽음의 땅에 청춘들 내가 있는 여기 지금

'얼룩말 「Billy The Kid」 뭐 하니 요즘 애는 잘 있지 고 3 됐겠다'

스멀스멀 풍기는 구린내는 따뜻한 물로 비누 거품으로 날려버렸고

'무법자들 봄이 다가와' 삼천 번 들었다 흑심 담긴 야망의 색은

진하고 짙은, 오전 열한 시 이십이 분의 그야말로 식은 그 커피였다

나 알던 그 사람들 다 어딜 간 거야? 아니 내가 떠나왔잖아?!

그러려니 해 산다는 건 다 그런 거 아니겠니 하잖아 여행 스케치가

'그렇다고 저렇게 수영복만 입혀야겠어? 007은 잘도 차려입었네?!'

바람과 비 엉켜 몰아치는 이때 나는 양말을 신고 나갈 준비를 한다

128

당장 두 시간 전까지도 일요일까지만이래도 말아보자 하였건만

저 클랙슨은 내 고백과 성찰 무엇에 반응하는 걸까 둘 다일까 아님

아주 상관이 없는 걸까 그런 거야 나는 양말을 신고 이어 글을 쓴다

아버지 기왕 이렇게 된 거 계속 잘 부탁드립니다 끝도 없이요 예

28

참 바람 많이도 분다 뭐가 그리 분하고 화가 나는지 역시 자연은 알 길 없어

비마저 이러니까 꼭 심심해서 그러나 싶다 윤년 2월 바람 비 심술 프로젝트

어쨌든지 지구의 시작에 가까운 나이 자셨으니까 해 달 바람 비 말야 뭔가

너그러울 거라 예상했는데 잘 생각해보니 아니더란 얘기

지 내 평생 말야

이런 어마어마한 존재들도 분해하고 화를 내는 건지 정말 심술 부리는 건지

경고 주의를 주는 건지⋯⋯ 아⋯⋯ 복잡해 모르겠다 다른 재밌는 말 생각하자

언덕 차도 위 사이사이에 꼬불꼬불 엉켜 있는 골목길 개똥 유연하게 피하고

조 믹Joe Meek 페이퍼 보트Paper Boat 2024번째 들었을 때 하늘은

파랗지도 하얗지도 않았다 계단도 구식 신식이 섞여 있었다 당연히 수제품

다행히도 기계 문명 로봇이 아직 사람처럼 공구리를 척척 할 수 없거든

기계 문명이라⋯⋯ 다시 해 달 바람 비 자연 생각나네 아이들을 사랑하는 사람들

그리고 사람들은 미래를 위해 지금 잘 살자 하는데 세상에 그런 사람들만 사는

건 아니니까 서로가 생각하는 '잘 살자'가 그렇게도 이다지도 다르단 말인가

김밥이네 레코드점에서 라이브 그때의 추위로 진짜 겨울이 시작됐음을 알았다

기차가 도시들 지나 삼팔선 가까이 갈수록 풍경과 사람들의 모습 산에 눈인 건지

서울은 진짜 진짜 추웠다 어쩐지 텔레비전에서 영화「꽃 피는 봄이 오면」하고 또 하드라

오랜만에 들른 아메노히 커피점은 따뜻했고 커피는 주인 부부마냥 아름다왔다

온몸과 마음이 따뜻해졌고 김밥이네는 사람들의 온정으로 음악으로 가득했다

해당화 용화 로커 원호와 경임 출판사 선생님들과 삼거리 따뜻한 후라이드치킨에

떡볶이라도 먹고 갈까 했지만 계획대로 제시간에 기차를 타고 부산으로 왔더니

서울만큼 추워져 있었다 그리고 한 보름 감기 몸살로 고생했다 난 감기가 싫다

그래서 나을 때까지 사흘씩 쉬고 마셨다 술. 재즈 피아노 진수영의 연주는 나를

아주 멀리 보내기도 했다 하나 먹을걸 둘, 셋이 아니라 예

닐곱까지 선동했으니까

"님들 지금 저 담배 조금 피워도 될까요?"

"예!! 괜찮아요!!"

사랑은 사람을 살린다 믿고 선택한 건 이것이다

나의 모든 노래에 사랑이 있고 봄은 오는데……

오지은   ㅇ   술 없는
                          술 있는밤

1

술을 마시지 않으면서 술자리에 있는 사람들이 있다. 그들은 질문을 자주 받는다. 지루하지 않아요? 앉아 있는 거 힘들지 않아요? 주정 받아주는 거 싫지 않아요? 당신이 예상했듯 나는 질문을 받는 쪽이다. 네, 지루하지 않아요. 힘들지 않아요. 재미있어요. 즐거워요. 받아주는 거 아니고 좋아서 있는 거예요. 네네, 진짜예요. 하지만 새로운 사람들은 새롭게 궁금해하고 새롭게 의심하니 나도 매번 성실하게 답한다.

'술자리에서 술을 마시지 않는 사람'은 술쟁이들에게 어떻게 비치는 걸까. 나름 오래 생각해봤는데 '놀이공원에 와서 굳이 아무것도 타지 않는 사람' 또는 '유명 바리스타가 있는 로스터리 카페에 와서 굳이 유자차를 마시는 사람' 같은 느낌일까 싶다. 하지만 군이 놀이 기구를 타지 않아도 놀이 공원의 분위기 자체가 좋아서 추로스를 먹으며 설렁설렁 걸어다니는 사람이 있을 수도 있고(상당히 행복할 것 같다), 유명 로스터리 중 의외로 논 카페인 음료도 놓치지 않으려는 곳도 많아서, 예를 들어 고흥에서도 엄청나다는 소리를 듣는 집에서 만든, 단맛도 신맛도 지나치지 않게 딱 좋은, 껍질도 딱 좋게 절여진 유자차를 마시는 사람도 있을 수 있으니(엄청 맛있을 것 같다) 역시 둘 다 딱 맞는 비유는 아닌 것 같다.

아, 혹시 이런 것일까. 아주 꾸덕한 브라우니를 아아메 없이 꾸역꾸역 먹는 모습을 볼 때 드는 안타까움. 목…… 막히지 않아요? 너무 달지 않아요……? 아이구…… 그걸 어떻게 맨입에 먹어요…… 커피랑 먹으면 훨씬 더 맛있을 텐데…… 네? 커피를 못 마신다고요……? (헉 불쌍해……) 이 상황을 술로 바꾸면 이렇게 된다. 아니…… 이 맛있는 보쌈을 소주 없이 먹어요? 그냥 사이다랑? 헉 불쌍해…… 내 상상력은 이 정도인데 술쟁이들의 진짜 마음은 어떨지.

이런 평행선의 마음으로 잘도 앉아 있었다. 얼추 삼십 년 정도 된 것 같다. 어릴 때 어쩌다 주정뱅이들 품에서 자랐고, 커서 음악을 했더니 친구들도 동료들도 모두 주정뱅이였다. 일을 하는 자리에도 술이 있었고, 일이 끝나고 난 다음에도 술이 있었고, 맛있는 음식을 파는 곳에도 술이 있었다. 고깃집에는 쏘맥이 있었고, 호프집에는 쌩맥이 있었고, 새벽의 해장국집에는 쏘주가 있었고, 내일을 생각하는 사람들은 청하를 시켰다. 그나저나 주정뱅이들은 왜 쌍자음을 좋아할까. 다시 얘기로 돌아가서, 치즈 옆에는 와인이 있었고, 이자카야에는 하이볼이 있었다. 나이가 들며 주위에 위스키 마시는 사람이 늘어갔다. 아마 호주머니에 돈이 좀 생겼거나, 정취를 조금 더 알게 되었거나, 또는 소화 능력이 떨어져서 맥주 마시고 배부른 기분을 견딜 수 없게 되었거나…… 그래서 안주도 바뀌어갔다. 무지막지한 튀김이나 고기에서 오이 절임이나 심지어 젓갈 같은 것으로…… 끊은 사람도 있고 건강 때문에 끊김당한 사람도 있다. 그러는 동안 나는…… 계속 마시지 않은 채로 있다. 이유는 단순하다. 태생적으로 몸에서 알코올이 분해되지 않기 때문이다. 사이다 또는 우롱차와 함께 아주 많은 밤을 보냈다. 술이 있는 술 없는 밤을.

아, 위의 질문에 더 자세히 답을 할 때도 있다. 정말로 궁금해하는 사람, 날 믿을 준비가 된 사람 앞에서는 진심으로 답을 한다. 그러니까 제 말은요, 당신이 그냥 항상 술을 마신 상태였으면 좋겠어요. 이게 당신의 디폴트였으면 좋겠어요. 내일 깨지 말았으면 좋겠어요. 무슨 얘긴지 알겠어요?

2

십 대 때 나와 친구들은 묘한 의무감에 가끔 소주를 마셨다. 그냥 어떤 종류의 십 대들은 마땅히 그래야 한다고 생각한다(지금 생각해보면 전혀 그렇지 않다). 무슨 일이 있었더라. 토하고, 또 토하고, 누군가는 울고, 누군가는 삐삐를 붙잡고 있고, 그러다 누군가가 긴박하게 나타나고, 소리를 지르고, 싸우고, 뭔가가 깨지고, 그렇게 오늘의 드라마가 생겼다.

술은 그를 위한 도구였다. 즐거워서, 맛있어서 마시는 사람은 아무도 없었다. 나와 내 친구들 그러니까 틴에이저들은 드라마 중독에 감정 과잉이라 무슨 일이든 어서 생기길 바랐다. 하지만 맨정신으로는 별일이 생기지 않았다. 그래서 숨어서 알코올을 들이켰고 번갈아 토했다. 눈물과 위액과 구질한 화장실에서 무언가가 느껴지는 것도 같았다. 「트레인스포팅」에 이런 장면이 있었던 것 같다. 알코올과 변기는 방황하는 청춘의 상징이잖아. 하지만 난 그때도 그 영화를 보지 않았고 아직도 보지 않았다.

2000년이 되었다. 나는 스무 살이 되었다. 술은 그대로였지만, 아니 참이슬의 등장으로 오히려 도수는 조금 낮아졌지만(그전의 빨간 뚜껑 두꺼비 소주는 25도) 술병을 둘러싼 사람들이 바뀌었다. 칙칙한 음지의 쥐처럼 숨어 마시던 고등학생에서 태양 아래 잔디에서 맥주병 목을 쥔 대학생으로. 사람들은 즐거워서 술을 마셨다. 술은 즐거운 시간의 상징이었다. "술 없이 무슨 재미로 살아?" "술 없이 어떻게 친해져?" 나는 드디어 질문을 받기 시작했다.

'관계의 진정성'을 어떻게 확인할 수 있을까. 어떻게 쌓아갈 수 있을까. 그 순도를 어떻게 높일 수 있을까. 그건 정말 어려운 일이다. 마법으로도 돈으로도 할 수 없다(되는 듯 사실 되지 않는다고 생각한다). 그래서 어떤 사람들은 술을 택한다.

어쩌면 많은 사람이 택한다. 그건 마치 흑마술 같다. 이 신비한 음료를 너와 내가 같이 마시면 우리의 관계에는 진정성이 생겨난단다. 우리는 덜 어색해지고, 우리는 속 얘기를 더하게 되고, 우리는 친밀감을 더 느끼게 될 것이란다. 하지만흑마술에는 대가가 있다. 신입생 환영회에서 내게 일어났던비극이 그것이었을 것이다.

살다 보면 결과가 참담할 걸 알면서도 해야 하는 일이 있다. 나는 내 체질을 이미 알고 있었지만, 세상은 스무 살이그런 말을 하는 걸 싫어한다. 에이 그걸 어떻게 알아. 아니야,마시다 보면 늘어. 일단 마시자.

많은 사람이 강당에 모였고 신입생은 모두 냉면 사발을받았다. 그 안에는 막걸리가 가득 담겨 있었다. 주술의 흐름은 이랬다. 신입생이 동기와 선배들 앞에서 원샷을 한다. 맛이 간다. 그런 자를 선배와 동기가 챙겨준다. 험한 일을 함께겪는다(예를 들면 화장실로 함께 달려가서 수월하게 토하도록 도와주기). 동지애가 생긴다. 이야깃거리가 생긴다. 부족국가 시절에는 술을 담가 마을 전체가 마시는 날이 모두가 풀어지는, 고로 하나가 되는 귀한 축제 날이었다고 하던데 그렇게 생각하면 이 의식은 인류의 역사만큼이나 길게 이어지고 있는 전통 깊은 흑마술이었다.

나 또한 마셨고 바로 화장실에 가서 게워냈다. 위의 예시와 같은 일이 나에게도 있었다. 그때 긴 머리를 뒤로 잡아줬던 선배와 동기에겐 마흔이 넘은 지금까지도 고마운 마음이 있다. 보아라, 흑마술은 이렇게도 강력하다. 그리고 반작용은 확실하다. 내 몸에 들어온 알코올은 분해되지 않은 채 날 쓰러트렸다. 풀썩. 기억이 드문드문하다. 아스팔트가 볼에 닿았을 때의 느낌이 희미하게 남아 있다. 웅성거리는 사람들에 대한 기억도 조금 있다. 나머지는 증언에 의존할 뿐이다. 한 친구는 내 얼굴과 입술이 너무 하얘서 이러다 죽는 건 아닌가 싶어 너무 무서웠다고 했다. 집에 있다가 날 인계받은 혈육은 날 데려온 사람들이 너무 겁을 먹고 있어서 그게 더 걱정되었다고 했다. 나는 얼굴에 난 엄청나게 크고 '땅땅한' 여드름 몇 개와 함께 학교를 일주일 정도 쉬었다. 그 이후로 아무도 나에게 술을 권하지 않았다. 사실은 내가 제적을 당해서 권할 수도 없었지만……

학교에 돌아가니 여자 동기들은 이미 졸업을 했고 후배들이 대학원 조교가 되어 있었고 시커먼 남자 동기들만 몇 남아 있었다. 그들은 마냥 즐거움을 기대하는 술자리를 더 이상 갖지 않는 듯 보였다. 기대하기엔 조금 알아버린 것이다.

그래도 딱히 할 건 없었기에 어디선가 모여 술을 마셨다. 언제였지, 술이 좀 돌고 난 다음 누군가 말했다. "내가 너 좋아했던 거 알지." 나는 말했다. "진작 말하지. 그럼 더 잘해줬을 텐데." 다른 술자리에서 다른 사람이 물었다. "너한테 관심 있는 사람은 어떻게 해? 너는 술을 안 마시잖아." 나는 이해할 수 없었다. 새벽 세 시에만 말할 수 있는 마음이라면 그냥 말을 하지 마. 오후 세 시에도 같은 텐션으로 말해. 술이 있어 불어나는 사랑이라면, 술이 없어 드러나지 않을 사랑이라면 그냥 보이지 마. 흑마술 없이 환각을 보이라고 그게 진짜 사랑이라면. 물론 이렇게 말하지는 않았고 그냥 아니라며 웃었다.

3

음악을 하게 되었다. 음악인들은 술을 참 많이 마신다. 왜일까. 감정에 휘둘리는 사람들이라서? 술의 어떤 성질과 음악의 어떤 성질이 닿아 있어서? 아니면 그냥 시간이 많아서? 그냥 술을 좋아해서? 직업적 미덕이라서? 예술가다워서? 음악인의 인생이 팍팍해서? 또는 네트워킹을 위해서? 어찌 됐든 술을 달고 다니는 사람이 많다.

공연을 하면 아드레날린이 나온다. 사람에 따라 양상은 다르겠지만 기본적으로 공연은 상당히 비일상적인 일이라고 생각한다. 만드는 사람에게도, 보는 사람에게도 그렇다. 관객은 묘한 마음을 안고 집에 가면 된다. 돌아가는 길에 세상을 보던 렌즈에 필터가 끼이고, 거리가 다르게 보이고, 발이 지면에서 조금 떠올랐다면 공연을 한 사람은 아주 기쁠 것이다. 하지만 그 사람은, 그러니까 타인의 발을 지면에서 조금 띄운 사람은 공허해질 수 있다. 펼쳐서 쏟은 다음엔 비어버리니까. 몸과 정신이 비일상에서 일상으로 돌아오는 데 시간이 걸리니까. 많은 음악인이 이럴 때 집에 가서 발 닦고 잠을 자는 대신 뒤풀이를 하는 게 아닐까 싶다. 하염없어지는 것이다. 본인 이제 사십이 세라서 내 주변에는 하염없음이고 비일상이고 나발이고 바로 집으로 돌아가는 음악인이 많지만 여하튼…….

뒤풀이엔 사람이 많다. 음악인 외에도 공연을 함께 만든 스태프도 있고, 공연을 보러 온 업계 사람도 있고, 음악인의 친구들도 있고, 건너 아는 그냥 배가 고프고 술이 고픈 누군가도 있다. 술이 좀 돌면 사람들은 반갑고 싶어한다. 걔 지금 뭐할까. 걔 홍대 살잖아. 걔는 망원 살잖아. 네가 연락해봐. 그렇게 계속 사람은 불어난다. 이 뒤풀이와 저 뒤풀이가 합쳐진다. 그런 술자리가 매일 어디선가 벌어지고 있어서 한때의 나는 굳이 약속을 잡을 필요도 없었다. 뒤풀이가 아니어도 공연이 없는 날은 적적해서 마시고, 일이 많은 날은 스트레스가 쌓였으니 마시고, 일이 잘 안 풀린 날은 갑갑해서 마시고, 아무것도 없는 날은 무료해서 마시고, 공허해서 마시고 누군가는 반드시 술병을 잡고 있으니까.

그렇게 이 술자리 저 술자리를 떠돌다 보면 불만 가진 사람을 가끔 만난다. 술을 마시지 않는 사람을 이물로 느끼는 사람이다. 그들은 소프트한 질문부터 공격적인 빈정거림까지 다양한 양상을 보인다. 가장 많이 들은 질문은 역시 이것이다. "술 없이 무슨 재미로 살아요?" 대답은 항상 애매하다. 안 믿어줄 것이기 때문에. 어 뭐 이것저것요…….

인디 뮤지션 중에는 매사에 화가 난 사람들이 있기에 이런 나를 보고 급발진을 하는 경우도 있었다. "맨정신으로 술 마신 사람들 보는 게 좋아요? 웃겨요?" "난 이런 사람 있으면 술맛 안 나는데." 오, 저런…… 어쩐다. 내가 비겁한 구경꾼으로 보이는 걸까. 당신 그렇게 좋은 구경거리 아닌데…….

그럴 땐 사실 가만있으면 되는데 난 간혹 뭔가를 증명하려고 했다. 그럼 내가 구경거리가 되어줄까? 오늘 가장 우스꽝스러운 사람이 되면 될까? 이 테이블에서 제일 많이 마신 사람보다 더 멀리 가면 될까? 그럼 증명이 될까? 이 방법은 때때로 통했고 난 허무했다. 누구한테 뭘 증명한 거야. 오기가 났던 거겠지. 아침까지 왁자지껄 떠들고 인사불성이 된 사람들을 차례로 택시 태워 보내고 다음날 오후 "어제 나 너무 심했던 것 같아" 하고 카톡이 오면 "아니야 괜찮았는데 ㅋ

ㅋ" 하고 말하는 것까지가 내 역할이었다. 그러니까 뭐가 증명되어서 어떤 원 안에 들어간 거야. 참으로 쓸데없는 짓이었다.

4

이런 밤이 있다. 하이에나들이 있는 밤. 사자가 아닌 승냥이들이 있는 밤. 가십을 원하고, 오늘 밤에 잘 상대를 원하고, 헛소리 같은 포부를 그저 들어줄 벽을 원하고, 훔쳐갈 이야기를 원하며 눈을 굴리는 사람들. 지금은 어떤지 모르겠지만 내가 음악을 시작할 무렵에는 홍대 음악신scene에 여자가 별로 없었다. 여성 싱어송라이터들이 '홍대 여신'이라는 거지 같은 말로 손쉽게 불리던 때였다. 여성 뮤지션과 남성 뮤지션의 수가 비슷했을지라도 술자리에 나타나는 사람은 남자가 더 많았던 것 같다. 그런 데 많이 다녀봐야 좋을 일 없다는 감각을 여자끼리 공유했다.

나는 아직도 기억한다. 누가 누구랑 잤대. 누가 누구한테 차였대. 걔가 그렇게 끝내준대. 이런 말을 눈을 희번덕거리

며 씨불대던 남자들을. 그리고 그들 안에 훤히 보이던 '나도
걔랑 자고 싶다'는 욕망을. 갖지 못하는 것을 더 못되게 얘기
하던 졸렬한 마음을. 조금 뒤에 나도 여자라는 걸 깨달은 그
들은 "지은 누나는 형이잖아요" "너는 다르잖아" 이런 말로
상황을 수습하려 했다. 지금이라면 더 잘 받아쳤을 텐데. 뻔
뻔하게 그런 말을 하고 다니지 못하게 했을 텐데. 당시의 나
는 스트레스를 덜 받는 길을 택했다. 내가 조금 덜 비겁했더
라면 좋았을까.

    추한 인간을 너무 많이 보았다. 그들이 대뜸 날 싫어했
던 게 이해가 간다. 자신의 추한 꼴을 맨정신으로 보는 사람
이 싫었던 거겠지. 하지만 공감이 가진 않는다. 술이 마법처
럼 누군가에게 자유를 준대도, 그 알맹이는 원래 그의 내면
에 있던 것이니까. 그건 용기 없어 하지 못했던 고백일 수도,
평소엔 감추고 있던 이기적인 욕망일 수도 있다. 때로는 고
백이나 욕망보다 훨씬 더 나쁜 것이기도 하다. 아주 나쁜 것.
그래, 나는 다 보았다. 나 아닌 다른 누군가도 보았다. 그러려
니 했던 일 중 많은 것은 돌이켜보니 몹시 끔찍한 일이었다.
어떤 여성 뮤지션은 이런 말을 했다. "언니 저 그냥 다 말하

고 이 판 떠날까 봐요. 가끔 너무 괴로워요." 나는 말했다. "네가 왜 떠나. 다 기억하고 다 말하고 떠나지 말고 좋은 작업 해." 네가 왜 떠나.

5

하지만 이런 밤도 있었다. 오랜 친구들끼리 적은 인원으로 술을 마셨는데 모두 많이 마셨다. 오랜 친구란 그동안 함께 겪은 일이 많다는 뜻이다. 상대방의 싫은 부분도, 상대방의 사랑스러운 부분도 보았다는 뜻이다. 상대방에 대한 신뢰도, 지긋지긋함도 동시에 갖고 있다는 뜻이다. 어쩌면 아주 좋았던 시간을 공유하고 있을 수도, 그리고 그 시간이 이미 끔찍함으로 변했을 수도 있다는 뜻이다. 그럼에도 이어지는 인연이라는 뜻이다. 그중 한 명이 처음으로 독립을 했다고 자기 집에 가자는 말을 했다. 주정뱅이들은 좋다며 택시를 탔다. 그의 집은 몹시 번듯했다. 처음으로 공간을 꾸리는 사람의 야심이 있었다. 그 점에 한 친구가 왠지 (그래…… 어쩔 수 없이 이 표현을 쓰자) 킹받은 것 같았다. "뭘 이렇게 해

두고 살아?" 하더니 손에 쥔 레모나를 뜯어서 각 잡힌 침대의 하얀 시트 위에 솔솔 뿌리기 시작했다. 베개 뒤에도, 이불 안에도. 구석구석 소르르. 대용량 레모나 포장을 계속 새로 뜯으며 여기저기 흥흥 소르르. 그때 나는 주방에서 집주인에게 무슨 이런 하찮고 예쁘기만 한 프라이팬을 샀냐고 타박하고 있었는데 문득 침실을 보니 그런 사달이 나고 있었다. 제발 도와줘. 집주인이 말했고 나는 레모나 친구를 달래고 어르며 방 밖으로 데리고 나갔다. 엘피 앞에 서 있던 친구도 괜히 현관 근처에만 오도카니 서 있던 친구도 각자 자신만의 알코올 우주 속에 있었다. 겹치고 갈라지는 각자의 시공간이 알코올 냄새에 버무려져 아파트 안을 빙빙 돌고 있었다.

6

그러니까 결국 난 취한 사람들이 좋은 것이다. 주책맞고, 다정하고, 잘 웃고, 굳이 한마디 더 하고, 농담을 4절까지 잇고, 누군가를 더 잘 좋아하게 되고, 할까 말까 고민되는 행동은 그냥 해버리는 사람들. 주정뱅이들. 내가 친해진 사람들은 그들이었다. 다음날 그들이 어색한 맨정신으로 돌아가면 이런 생각이 들었다. 그럼 내가 나눴던 감정은 어디에 저장된 거지? 시간은 어디에 저장된 거지? 그 사람은 어디에 갔지?

넌 참 좋은 사람인 것 같다고 슬그머니 손을 잡은 사람도, 아침이 왔으니 이제 같이 가자던 사람도, 낮에는 그러지 않을 것이다. 사실 진심인지 아닌지는 애초부터 상관이 없었다. 낮의 마음은 그럼 진심이라는 것인가. 진심이란 무엇인가. 나는 감정에 허기가 졌고 술자리는 그런 나에게 상다리가 부러지는 밥상 같았다. 어차피 모든 말이 허무하게 사라진다면, 날아가버린다면, 많기라도 한 게 좋지 않을까. 그래서 주정뱅이들이 허공에 날려버리는 말을 계속 듣고 싶었다. 계속되길 바랐다. 그게 내가 술자리를 좋아했던 이유였다.

언젠가 질투심이 든 적이 있다. 이제 제일 재미있는 술자리는 내 것이 아니겠지. 내가 없는 어떤 자리에서 엄청나게,

허무하게, 재미있는 시간이 흘러가고 있겠지. 그곳에는 싸구려 술과 끈적한 테이블과 양만 많은 안주와 졸아든 찌개와 같은 말을 되풀이하는 사람과 그다지 재밌지도 않은데 크게 웃는 사람과 아까부터 살짝 스친 어깨에 신경이 쓰여 대화를 따라가지 못하는 사람과 다른 곳에서 느꼈던 소외감을 여기서 풀고 싶어 타이밍만 보는 사람과 지금이 인생 최고의 순간이라 느끼는 사람과 최고의 순간임을 알아채지 못하는 사람이 뒤섞여 있을 것이다. 무진장 불쾌한 인간도 있을 것이다. 누군가와 살짝 빠져나가고 싶어서 휴대폰을 자꾸 보는 사람도 있을 것이다. 포부를 말하는 순진한 사람도 있을 것이고 그 포부를 비웃는 사람도 있을 것이다. 이런 사람도 저런 사람도 둥그런 테이블에 앉아 있다. 이런 사람도 저런 사람도 술병 앞에서 공평하게 시간을 낭비하고 있다. 달콤하고 눅진하게.

실수로라도 그 둥그런 테이블에 앉게 되면 나는 이제 빨리 일어나야 한다. 가능하면 계산까지 하고 자연스럽게. 그거 나도 뭔지 안다는 표정이나 한창때구나 하는 표정 따윈 절대 지으면 안 된다. 내 현실 감각이 그 작은 돔을 깨지 않도록, 순간이 영원처럼 이어지길 바라는 주정뱅이의 꿈이 깨지 않도록 살그머니 일어나야 한다. 왜냐하면 나는 주정 뱅이들을 정말로 좋아하니까. 술 있는 밤을 정말로 좋아하 니까.

오한기   ⊙   나의 즐거운
알쓰 일기

알쓰 인생

술을 먹고 안 먹고는 자유다. 서로의 자유를 침해하지 않는다면 최선이다. 나는 살아오면서 누구에게도 술을 권한 적이 없다. 왜냐하면 내가 술을 마시지 않기 때문이다. 누가 내게 이렇게 말해줬으면 좋겠네. 이 초코 아이스크림 좀 먹어볼래? 이 마들렌 딱 한입만 먹어봐.

정확히 말하면, 술을 마실 수는 있지만 체질 문제로 마시지 않는다. 술을 마시면 얼마 지나지 않아 미친 듯이 잠이 쏟아지는데, 막상 집에 가면 술이 깨면서 머리가 아프고 손발이 저려서 잠을 설친다. 손발 저림은 다음날까지 이어져서 아무것도 할 수 없고 잠을 또 설친다. 이 정도면 술이라기보다 독약 아닌가?

체질 운운했다고 해서 내가 건강에 그리 과민한 건 아니다. 지금은 끊었지만 담배도 피울 만큼 피웠고, 아마 기회가 있었다면 더한 것도 해봤을 것이다. 대학 다닐 때는 술도 먹을 만큼 먹었다. 선배들의 강권이나 교수와의 술자리처럼 어쩔 수 없이 먹어야 될 경우 소주 한 병은 먹었던 것 같은데…… 그 시간이 행복했나? 글쎄…… 예고된 술자리를 기다리는 시간은 지옥 같았고, 실제 술자리는 더 지옥 같았고. 때에 맞춰 한약을 먹듯 의무감에 마셨던 것 같은데…… 이 의무감은 대체 왜 주어졌던 거지? 술 좋아하는 사람들은 술과 술자리가 진짜 좋은 거야? 생각만 해도 행복해?

그런데 왜 난 술을 안 마시지? 글쎄…… 그냥 싫다? 무엇보다 술에 취한 기분이 싫다. 취하면 어지러운데 그게 기분이 좋은 건가. 어지러운 건 어지러운 거다. 비틀거리는 건 비틀거리는 거고, 오바이트는 오바이트다. 의도하지 않은 이야기들이 통제되지 않은 상태에서 입 밖으로 나오는 것도 마음에 들지 않는다. 술주정이라야만 헛소리가 가능할까. 노트북만 앞에 있으면 아무 말이나 할 수

있는데? 시간이 아까워서 사람들과 웃고 떠들기 싫고, 무
슨 이야기를 해야 할지도 모르겠고, 얼른 집으로 돌아가
고 싶고. 외동이라서 그런가. 그건 또 아닌 것 같고.

그렇게 술을 멀리한 다음부터 나는 주량 늘릴 타이밍
을 영영 놓쳐버렸다. 술자리를 점점 피하게 됐고, 그렇게
'알쓰'로 평생을 살게 됐다.

술은 한 잔도 먹지 않는 내가 술에 관한 에세이 쓰기를
수락한 이유는 단 하나다. 술을 먹지 않는 1인으로서 할
이야기가 많을 거라는 것.

무조건 치콜

치킨엔 무조건 콜라다. 내 지론이다. 치킨엔 맥주지 초
딩도 아니고…… 아마 성인이라면 십중팔구는 이해하지
못할 것이다.

치콜이냐? 치맥이냐? 20대 후반, 첫 직장에 다닐 때 이 문제로 상사와 말다툼을 벌인 적도 있다. 회식으로 치킨을 먹으러 갔는데 모두 생맥주를 시킬 때 나만 콜라를 시켜버린 것이다.

오 주임도 맥주 시키지?

팀장이 불만을 표했다. 그러면 보통 분위기를 해치지 않기 위해 맥주를 시켜서 먹는 둥 마는 둥이라도 하는데, 그날따라 짜증이 확 났던 기억이 난다. 이유까지 정확히 기억나진 않는다. 치콜 조합이 너무 먹고 싶었거나, 맥주를 먹고 싶지 않은데도 맥주를 먹어야 하는 일이 그날 유독 부당하게 느껴졌거나, 아니면 팀장이 꼴 보기 싫었거나.

콜라 먹으면 안 돼요?

내가 되물었다.

다 술을 마시는데 오 주임 혼자 콜라를 마시면⋯⋯

팀장이 말끝을 흐렸다. 맥주를 좋아하면 맥주를 마시고, 콜라를 좋아하면 콜라를 마시면 되는 거지, 무슨 상관이람. 나는 이렇게까지 직접적으로 말하진 않았지만 돌려서 거절했던 것 같다. 팀장의 불만 어린 눈길을 감당하며 치콜을 맛있게 먹었지.

소설 쓰는 알코올의존증 아저씨

나는 술도 싫어하지만 술자리도 그리 좋아하지 않는다. 술자리에 가서 술 마시는 사람들 틈에서 술 마시지 않는 내가 할 건 아무것도 없다. 콜라 따위를 마시고 '이 높은 칼로리를 어쩌? 차라리 술 마시는 게 낫겠네' 속으로 투덜거리며 가만히 이야기를 듣는 것뿐. 그나마 새겨들을 만한 이야기가 나오면 운이 좋은 날인데, 보통 그런 이야기는 술자리에서 나오지 않기 때문이다. 가끔 눈치도 살핀다. 누군가 나한테 왜 술을 먹지 않느냐고 물을까 봐.

기억나는 일화 하나.

왜 술을 안 마셔? 혹시 너 무슨 문제 있어?

대학교 예비 소집일에 이뤄진 신입생 환영회에서 선배들은 술 마시지 않는 내게 물었다. 2월의 서울 장충단공원이었고, 나는 추워 죽겠는데 야외에서 이게 뭐 하는 짓이냐며 속으로 투덜거리고 있었다. 우리는 빙 둘러앉아 막걸리와 새우깡 따위를 먹고 있었고, 또 돌아가면서 노래를 부르고 춤을 추고 있었다. 그날 그곳은 이 세상에서 내가 싫어하는 모든 것으로 가득했다. 추운 날씨. 야외. 처음 보는 사람들. 낄낄거림. 빙 둘러앉음. 장기 자랑. 막걸리. 아, 여기가 바로 지옥이구나.

아무튼 내가 선배의 물음에 뭐라고 답했는지 정확히 기억나진 않는다. 그래도 추측해보자면 당시 내 스타일상 그냥 어깨만 으쓱하고 말았을 것 같은데?

이 새끼야, 왜 술을 안 먹냐고.

그랬더니 어느 예비역 선배 하나가 술에 취해 나섰다. 누군 성질 없는 줄 아나…… 짜증이 난 나는 그길로 일어나서 집으로 돌아왔다. 그리고 그 후 과에서 오는 문자에 답장도 하지 않았고 새내기 배움터에도 가지 않았다.

나는 가끔 후회한다. 그날 선배가 건넨 술을 넙죽 받아 마셨다면 「응답하라 1994」에나 나올 법한 잊지 못할 캠퍼스 라이프를 즐길 수 있지 않았을까. 그럼 지금 내 인생은 어떻게 달라졌을까. 핵인싸? 성격상 무리. 작가가 될 수도 있었겠지만 지금과는 다른 글을 쓰고 있겠지.

그러고 보니 삼십 대 초반까지만 해도 나는 작가로 성공을 거두지 못한 게 술을 먹지 않은 탓이라고 생각하기도 했다. 그래서 한때 내 꿈은 술을 잘 먹는 사람이었다. 내 인스타 닉네임은 술고래. 술고래 하니까 찰스 부코스키가 떠오르네. 내가 찰스 부코스키만큼만 술을 먹었다면 지금쯤 뭐가 됐을까. 세계적인 대문호? 아니다. 나는 확신한다. 찰스 부코스키만큼 술은 마시지만 찰스 부코스키만큼 소설을 쓰지는 못하는…… 그러니까 소설 쓰는 알코올의존증 아저씨? 이렇게 생각하니까 차라리 지금이 훨씬 더 좋은데?

타이태닉

피해 의식이라고 생각해도 좋다. 1985년생인 나는 평생 술을 거절하며 살아왔고, 술을 잘 마시고 좋아하는 다수에 저항하며 살아왔다. 나는 술 좋아하는 사회에 노이

로제가 걸린 사람이고, 진심으로 언제부턴가 이 신경증이 저항 그 자체라고 생각하고 있다.

학교나 회사에 다닐 때는 무조건 술을 마셔야 했다. 왜냐하면 상사, 교수, 선배라는 직급이 존재했고, 사회생활이라는 것을 해야 먹고살 수 있었기 때문이다.

불가피한 술자리가 잡혔을 때 예나 지금이나 내가 걱정하는 건 하나다. 술을 거절하지 못하는 상황이 오면 어떻게 하지? 강압적인 음주가 이루어지는 상황. 나보다 지위 높은 누군가가 권하는 술.

그런 상황에서 내가 술을 거절하면 상대는 이렇게 이야기했던 것 같다. 아니, 진짜 술을 안 마신다고? 한 잔만 딱 마셔. 그 뒤로는 자유롭게 마시자.

난 딱 한 잔도 마시기 싫은데…… 내 자유를 왜 너희가 결정하지? 술을 마시는 사람이 아무렇지도 않게 뱉은 말이 나 같은 알쓰에게는 큰 고민거리가 된다.

기억나는 에피소드 몇 개.

대학교 영화 동아리 신입생 환영회. 선배 하나가 맥주

를 피처로 주문한 뒤 그 거대한 잔에 소주 한 병을 콸콸
콸 부었다. 타이태닉이라나…… 맥주에 소주가 섞이면서
소용돌이치는 그 형상이 타이태닉호를 가라앉게 만든 바
닷물 같았다. 역시 영화 동아리야. 이런 생각을 하고 있을
때 내 앞으로 그 폭탄주 피처가 배달됐다.

"한기부터 동기를 사랑하는 만큼 마셔."

선배가 씩 웃으며 나를 바라봤다. 네? 저…… 아무도 사
랑하지 않는데요? 당연히 나는 이 말을 하지 못했고, 그
날 필름이 끊겼다.

첫 직장 신입 사원 연수도 기억난다. 마지막 날의 만
찬회장. 대표님이 새로 입사한 이십여 명을 차례로 호명
하고 글라스에 소주를 따랐다. 뭐지, 저건. 문화 충격. 여
기 무슨 러시아인가? 신입 사원 연수야, 자포이* 독려회
야…… 마침내 내 차례가 됐고, 내 손에도 소주가 가득 담
긴 글라스가 들렸다.

"이걸 마셔야 최종 합격이야."

마치 거절하면 야쿠자처럼 할복이라도 해야 할 것 같

---

* 알코올을 마시고자 하는 충동.

은 분위기에 나는 잔을 입에 가져갔고 원샷했다. 아 씨,
졸라 써.

제대 후 문창과로 전과했을 때도 기억난다. 시 창작 수
업 시간. 오전 열 시 수업이었는데 장충단공원에서 술을
마시며 수업을 한다고 했다. 오전부터 술 마시며 수업을
한다는 게 믿기지 않았지만 시인이 되고 싶었던 나는 군
소리 없이 참석했다. 선생님과 학생들은 빙 둘러앉아 소
주를 마시기 시작했다. 수업 내용은 하나도 기억나지 않
고 같이 술을 마셨던 학생들 그 누구도 떠오르지 않고……
다만 어린 마음에 술을 마시지 않으면 시인이 되지 못할
까 봐 나답지 않게 과음을 했던 건 기억난다. 나는 또 필
름이 끊겼고 정신을 차렸을 땐 동아리 방 소파에 누워 있
었다. 후배들이 내게 큰일 났다고 말했다. 평소 맞은편 방
힙합 동아리에서 나는 소음이 영화 감상회를 방해한 데
대해 불만이었던 터.

"니네 랩도 좆도 못하면서……"

내가 그쪽 방문을 벌컥 열며 이것과 비슷하게 외쳤다
고……. 지금이라도 당시 힙합 동아리 친구들을 보면 사과

하고 싶다. 죄송합니다…… 술이 웬수입니다…….

스트레이트 에지

이십 대에서 삼십 대 초반 직장을 다니던 시절에는 회식이 잦았던 것 같다. 정기 회식도 있었고 정기 회식 사이에 갑작스럽게 이루어지는 회식도 많았다. 막내였던 나는 무조건 참석해야 했고, 자정이 넘어 노래방을 마지막으로 술자리가 끝났다. 그때나 지금이나 나는 술을 마시면 HP*나 마나** 같은 게 줄어드는 상상을 자주 한다.

그렇다면 당시 나는 어떻게 견뎠을까. 의외로 술에 취한 사람이 많으면 진짜 속이기 쉽다. 내가 가장 많이 했던 건 다음과 같다.

차 가져왔다고 하기: 차 안 가지고 옴.

술을 머금고 있다가 물컵에 뱉기: 추잡하긴 하지만 의

* 생명력을 뜻한다.
** 영력, 주술력 등을 뜻한다.

외로 거의 안 들킴.

술에 취해서 먼저 일어난다고 하기: 주로 자리를 옮길 때 말함. 술 한 잔도 안 먹음.

그렇게 젊은 시절은 끝나버리고 이직을 하고 또 하고…… 어느 순간 현타가 왔다. 내가 먹기 싫으면 안 먹으면 되고 굳이 이런 술자리 참석하지 않아도 되는데 이렇게까지 해야 하나? 내 인생인데 말이야.

언제부턴가 나는 솔직히 말하기 시작했다. 예전에는 상대의 눈치를 보며 구구절절 설명했는데 이제는 다르다. 전부 귀찮아져버려서 그냥 간단하게 말한다.

전 술 안 먹어요.

술을 못 먹어요? 한 잔도?

상대가 묻는다.

그럼 나는 답한다.

아니요. 마실 수 있는데 마시기 싫어요.

그렇게 지금은 아무도 내게 술을 권하지 않는다.

아무도 내게 술을 권하지 않는 건 아니다. 딱 한 사람이 남아 있다. 바로 초등학생 때부터 친구로 지낸 JJ. JJ와 나는 스무 살 때 홍대에서 활동하는 어느 밴드의 기타리스트에게 레슨을 받은 적이 있다. 당시 JJ는 나보다 술이 약했고 내 의사는 묻지도 않고 나와 본인이 스트레이트 에지straight edge라며 노 알코올, 노 드러그, 노 스모크를 주창했다. 당시 기타 선생님은 우리를 보며 혀를 끌끌 찼다. 이 좋은 걸 왜 안 먹어? 애네 녹차나 줘.

JJ는 공무원 시험을 준비한 끝에 고된 9급 공무원 생활을 하더니 인생의 쓴맛을 느꼈는지 금전적인 여유가 생겼는지 와인 마니아가 됐다. 스트레이트 에지였던 JJ는 요즘 내게 말한다.

한기야, 네가 와인을 몰라서 술을 먹지 않는 거야.

JJ는 만날 때마다 술을 마시는 상황으로 나를 이끌었다. 한강 공원에 와인, 꿔바로우에 와인, 치즈에 와인, 케이크에 와인…… 나는 그때마다 술을 먹기 싫다고 설명했지만 JJ는 나를 설득했다. 한기야, 난 억지로 권하는 거 아니야, 당연 술 먹는 건 네 자유지. 그런데 한 잔만 마셔봐. 와인은 보통 술과 달리 역사가 있는 거라고. 이건 인

168

류의 축복이야. 술을 마시지 않는 나를 이해할 수 없다는 JJ의 표정이 눈에 선하다.

그런데…… 내가 술 안 마신다고 수백 번도 넘게 말하지 않았니?

보통 좋은 게 좋은 거라고 웃으면서 거절했는데, 어느 날 계속 권하는 그에게 나도 모르게 화가 나서 진지하게 물었다.

너만 마시면 되는 거 아니냐고.

아니, 진솔한 대화가 되지 않는 것 같아서……

JJ가 답했다. 아니, 술을 마셔야만 진솔한 대화가 되는 거야? 아이스크림을 먹으면서도 와플을 먹으면서도 가능하지 않아?

크루그에 오마카세면 쌉가능

숙취로 짜증을 부리는 사람을 보는 것만큼 짜증 나는 일도 없다. 특히 직장 상사들이 그러면 부하 직원이 수발이라도 들어주길 원하는 건가 싶기도 했기에 나는 일부러 외면하곤 했다. 술이 깨면 이어지는 전날 술자리 이야기. 이런 분들은 미안하지만 내 인생에서 모두 아웃. 왜냐하면 내가 먼저 그분들의 인생에서 아웃되었기 때문이지. 하하하하하하……

반대로 술을 마시지 않는 사람들에게는 호감이 간다. 살면서 거의 만나지 못했다는 게 아쉽지만…… 연예인으로 따져보면, 유재석, 주원, 전종서, 태연, 태양, 이성민…… 이유가 체질이든 신념이든 나는 술 먹지 않는 연예인들에게 호감을 느낀다. 비호감 연예인은 신동엽과 성시경. 신동엽과 성시경도 나를 알았다면 극혐하지 않았을까.

인간은 끼리끼리 어울린다. 현실에서 나만큼이나 술을 즐기지 않는 사람이 있는데 바로 와이프다. 아마 둘 중 하나가 술을 좋아했다면 우리는 결혼하지 못했을 것이다. 가끔 가족 행사나 여행을 가서 맥주나 와인을 먹을 일이 있는데, 보통 한 잔을 나눠 먹는다. 부모는 자식의 거울이라고, 이제 초등학교에 입학한 딸도 술에 대해 부정적이다.

우리 아빠 술 안 먹어요!

가족 모임에서 누군가 나에게 술을 권하면 우리 딸이
외친다.

그런 내게도 좋아하는 술이 있다. 무슨 코인으로 돈을
많이 벌었다는 JJ가 내 생일을 축하해준답시고 청담동에
서 30만 원짜리 오마카세를 사준 적이 있다. 그가 그날
코르키지 프리라며 들고 온 게 크루그라는 샴페인. 50
만 원이라고 했나⋯⋯ 아무튼 비쌌고 내 기준 제정신이라
면 도저히 사지 못할 가격이었다. 생일이라고 챙겨줬는
데 거절하기도 뭣해서 예의상 받아 먹었는데 그야말로
극락. 참치 뱃살인가 기름진 스시를 입에 넣고 크루그를
딱 머금었을 때 발산된 도파민이 가져다준 환희가 아직
도 기억날 정도다. 이제 알겠어. 이 맛에 술 마시는구나.
나는 고개를 끄덕였다. 물론 나는 딱 한 잔만 먹고 나머
지는 모조리 JJ의 배 속으로 들어갔지만⋯⋯ 그 뒤 온몸
이 붉어지고 어질어질하고 팔이 저리고 졸음이 몰려온
나는 녹다운. 그러나 이 정도 쾌락이면 충분히 가치 있는
술인 건 분명하다는 생각이 든다. 지금도 틈만 나면 와인

한잔 하자고 하는 JJ에게 말한다. 오마카세에 크루그면

쌉가능.

김세인 ⦾ 술이 덜어진
몸은 느슨해졌고
틈새가 벌어지더니
어느 순간
북- 하고 갈라졌다

술 없는 아침

술 없는 밤을 위해서는 낮이 중요하다. 술 없는 밤을 맞
이하기 위해서는 술 없는 낮이 있어야 하기 때문이다. 또
술 없는 낮은 정갈한 아침을 보내야만 찾아오는 것이다.
유튜브, 소셜 미디어 등 브레인 포그를 불러일으키는 잡
다한 것들로 아침을 시작하면 그날은 망했다고 보면 된다.
그런 날은 망한 날. 즉 술을 마시거나 술을 마시지 않더라
도 술에 대한 갈망으로 하루 종일 아무것도 못 하게 된다.
술에 홀린 날이 되어서는 안 된다.

술 없는 밤을 위한 깨끗한 아침이란 이런 것이다. 침대
에서 벗어나 집을 치우고 고양이 화장실을 청소한다. 고양
이들에게 물과 사료를 준다. 커피를 마시며 스피커로 음악
을 튼 뒤 가볍게 춤을 춘다. 자괴감과 자책감이 이 시간을
점령하지 않도록 최선을 다해 가볍게 춤을 춘다. 주의할

점은 춤을 출 때 너무 신나버리면 안 된다는 것인데, 그래버리면 춤이 끝난 뒤에 급속도로 허무감이 몰려오기 때문이다. 시시각각 생각과 기분이 희부옇게 일었다 폭삭 가라앉는 나 같은 사람에게 단순한 아침이라는 것은 이렇게나 까다롭다. 그래서 이 단순한 아침은 가볍지만 결코 가볍지만은 않은 치열한 전투다.

적당한 춤을 춘 뒤 거실 의자에 앉는다. 지난여름에 이사한 집 거실에는 큰 통창이 있다. 그 큼직함이 무색하게 손바닥만 한 소박한 햇빛만이 바닥에 닿는다. 그렇지만 통창은 통창인지라 거실이 어둡지만은 않다. 미세하게 기우는 햇빛을 바라보며 '이 해가 저 뒤로 다 넘어가야 밤이 올 텐데' 생각한다. 내 앞에 놓인 이 심심하고 외롭고 긴 하루를 잘 보낼수 있을까. 애써 끌어올린 활기가 점점 식어가는 것이 느껴진다. 활기가 모두 사라지면 긴 하루를 또 술로 마구 소진해버리고 싶은 욕구가 들 것이다. 발가락에 고양이들이 머리를 들이민다. 오늘 밤엔 꼭 맑은 정신으로 이들과 눈 맞출 것을 다짐하며 너무 밝지도 너무 어둡지도 않은 거실에 약간은 막막한 상태로 우두커니 앉아 있다. 내가 앉은 의자에서는 어딘가 고장 난 스프링 소리가 난다. 끼링, 끼링.

술장아찌의 눈

지리산 외할머니 집 맞은편에는 술꾼 할아버지가 살았다.
나는 그를 약 이십 년 동안 딱 한 번을 제외하곤 본 적이 없
다. 하지만 그가 맞은편에 있다는 것은 언제나 알 수 있었다.
매일, 해가 가장 뜨거운 낮에, 지초마을 어느 구석에서든 들
을 수 있는 크기로 몇 시간 동안 내리 소리를 질렀기 때문이
다.

그의 소리는 의미를 헤아릴 수 없는 원초적인 울음에 가
까웠다. 구슬픈 기색도, 분노도, 기쁨도, 그 무엇도 느낄 수
없는 음성이었다. 그의 음성은 신호로 단지 그가 저편에 있
다고 알려주는 것 외에는 어떤 기능도 하지 않았다. 내가 초
등학생이었던 시절에는 그가 소리를 지르면 동네 할머니들
이 그의 소리를 따라 하며 또, 또 시작이라고 혀를 찼다. 어
쨌든 동네 사람들의 신경을 끌어오긴 했으니 그 소리는 자
신의 소재를 알리는 역할만큼은 제대로 해내는 셈이었다.
하지만 내가 성인이 될 무렵부터는 아무도 그것에 반응하지
않았다. 낮의 울음이 매일매일, 몇십 년에 걸쳐 꾸준히 있자

이젠 익숙하다 못해 아예 없는 것이 되어버렸다. 시암*에서 물 떨어지는 소리, 개구리 소리, 귀뚜라미 소리, 천장에 쥐 돌아다니는 소리처럼 아무것도 아닌 소음 중 하나가 된 것이다. 시암에서 물 떨어지는 소리가 들리면 할머니는 내게 물을 잠그라고 했고, 개구리 우는 소리가 들리면 비가 올 거라며 빨래를 걷었다. 귀뚜라미가 울기 시작하면 가을이 왔다고 했고, 천장에 쥐 돌아다니는 소리가 거세지면 이튿날 대대적인 쥐잡기를 시작했다. 하지만 낮의 울음소리에는 모두가 하던 부채질이나 마저 할 뿐이었으니, 결국 그의 소리는 지초마을의 그 어떤 소음보다 더 미약한 것이었다.

그때가 언제였는지 모르겠다. 술꾼 할아버지와 조우했던 때. 기억나는 것은 그때도 어김없이 해가 뜨거운 낮이었다는 것. 나는 집 앞 가파른 언덕길을 오르고 있었고 그는 같은 길을 내려오고 있었다. 나는 봐서는 안 될 것을 봐버린 기분이었다. 눈앞에 형체로 존재해서는 안 되는, 귀를 막으면 들리지 않을 낮의 아우성으로만, 환청으로 치부할 수 있는 소음으로만 남아 있어야 할 그가 내 옆을 찌들다 못해 삭아버린 냄새를 풀풀 풍기며 지나갔다. 나는 그렇게 정오의 유령

* 수돗가.

을 목격했다. 그는 소리를 지르고 있지 않았다.

그 눈. 참 이상한 눈. 무어라고 설명할 수 없는 눈. 술꾼의 눈은 맑다. 술장아찌로 살아가는 사람의 눈은 왜 맑을까.

나는 어른이 된 후 종종 그런 눈과 마주쳤다. 술을 매일 마시는 선생님, 술을 매일 마시는 후배, 술을 매일 마시는 술집 사장님, 술을 매일 마시는 아는 언니, 술장아찌들. 술꾼의 눈. 말을 건네지 않는 눈, 말을 듣지 않는 눈, 여기 있는데 여기 있지 않은 눈, 아무 곳에도 없는 눈. 아무것도 없는 눈. 자신의 비겁함을 너무 잘 알아서 자신의 비겁함을 포함한 모든 것을 잊어버린 눈. 아무것도 기억하지 못하고, 기록하지 못하고, 읽지 못하고, 보지 못하는 눈. 그래서 맑은 눈. 그런 눈과 마주치면 나는 너무 무서웠다. 오래 바라보다 보면 나도 꼭 그렇게 뭔가를 하나씩, 그러다 전부를 잊어버릴 것 같았다. 내 눈을, 내 몸을 여기에 두고 잠시 내 정신이 저 어딘가로 뚜벅뚜벅 걸어갔다가, 돌아오는 길을 영영 찾지 못할 것만 같았다. 그러면서도 눈을 피하지 못하고 계속 보게 되는 것이다. 똑똑. 거기 있어요? 똑똑. 들려요? 그 눈 속으로 기어들고 싶은 충동이 인다. 하지만 안다. 이미 그 눈 속에는 아무도 없다.

최근 몇 년간 눈이 맑다는 소리를 자주 들었다. 나는 그 의미를 안다. 그럼 나는 "그런가요?" 하며 백치의 웃음을 짓는다. 거울을 보다가 어쩌다 이런 눈을 갖게 됐을까 생각해 본다. 알 수 없다. 이런 눈을 갖게 된 연유를 비롯한 모든 것을 이미 잊어버렸기 때문이다.

불쑥 솟아오르는 맛

술장아찌의 삶을 살게 되리란 걸 정말 몰랐다. 많은 사람이 그러하듯 술을 처음 마셨던 날, 나는 술과 내가 맞지 않는다고 생각했고, 아마 평생 친해질 일도 없으리라 생각했다. 술을 처음 마신 날은 고교 졸업식이 있던 날. 스무 살이 되고 두 달이 지난 날이었다. 저녁에 친구 둘과 곱창 집에서 만나 소주 한 병을 시켜놓고 각각 두 잔씩 나눠 마셨다. 집으로 돌아가는 길, 애매하게 마신 탓에 지끈거리기만 하는 머리를 부여잡고 서로에게 계속 물었다. 이게 정말 맞아? 술 마시면 좋아진다던 기분이 이게 맞아? 좋은 것 같지 않은데. 술도 취하지 않은 것 같은데. 우리는 술을 정말 잘 마시는 체질인가 봐. 그러던 우리는 맥주 한 캔씩을 더 구매했다. 각자 멋있어 보이는 캔 맥주를 하나씩 집어 들었는데, 송현지는 하이네켄, 김소라는 하이트, 나는 아사히를 골랐다. 심플한 은색의 아사히가 가장 간지 나 보였기 때문이다. 내 방에서 2차를 시작했는데, 각자 두어 모금만 더 마시고 싱겁게 끝나버렸다. 맥주는 맛이 없었다. 콜라나 닥터페퍼가 훨씬 더 맛있다고 구시렁거리다가 그렇게 잠이 들었다. 다음날 아침, 일어나 맥주 캔들을 씻어 말리고 박스 안에 고이 넣어 책상 아래에 보관했다. 앞으로 술을 마시지 않을 것 같고, 그래서 그 흔적들을 음주 기념으로 남겨두고 싶어서였는데 불과 몇 년 뒤에 "아 이 지겨운 맥주 캔들!" 하며 전부 재활용 쓰레기장에 갖다 버렸다. 그때 이후로는 꽤 오랫동안 (그래 봤자 몇 개월) 닥터페퍼만 마셨다. 간혹 「빅뱅이론」 「스킨스」 같은 드라마를 보다가 맥주가 나오면 왠지 맥주가 먹고 싶어지긴 했지만 결국 슈퍼 다녀온 손에 들린 것은 닥터페퍼였다. 당시 내게는 닥터페퍼가 맛도 간지도 더 월등했기에.

  두 번째 술을 마실 날은 머지않아 찾아왔다. 수능이 끝나고 아르바이트를 했던 아이스크림 전문점 맞은편의 막걸리 집에서였다. 그때는 김소라와 독대했다. 우리는 첫 번째 술자리의 싱거움이 술을 너무 느리게 마신 데 있었다고 판단했고, 그래서 혈중 알코올 농도를 급격하고도 진득하게 높이기 위해 막걸리와 소주, 사이다를 섞어 그대로 들어부었다. 그날 무슨 이야기를 나누었는지는 기억나지 않는다. 다만 뒤집어지게 웃겨서 내내 배를 부여잡고 테이블을 쳤던 장면만은 또렷하다. 웃어도 웃어도 웃음은 끊이지 않았고, 우리는 테이블을 퍽퍽 치다가, 서로의 어깨를 퍽퍽 치다가, 각자의 허벅지를 퍽퍽 치다가, 의자를 퍽퍽 치다가, 바닥을 퍽퍽 치며 웃었다. 밤새도록 바닥을 데굴데굴 구르며 퍽퍽퍽퍽…… 반들반들한 막걸리 집 나무 바닥을 퍽퍽퍽퍽…… 그렇게 한참 동안 바닥을 내리치는데 어느 순간 손바닥에 닿는 바닥의 질감이 거칠게 변하더니 손이 저릿했다. 눈을 뜨자 막걸리 집의 풍경은 온데간데없었고 김소라와 나는 문 열린 택시에 반쯤 걸쳐진 상태로 시멘트 바닥을 퍽퍽 내리치며 뒹굴고 있었다. 친언니 김세영이 그런 우리를 한심하다는 듯이 내려다보고 있었다. 민망함도 없이 와하하하 웃다가 정신을 차려보니 어느새 김세영은 또 저 멀리 방 안에서 컴퓨터를 하고 있고 나는 컴컴한 거실 바닥에 심각하고

도 고독하게 앉아 있었다. "SK2 광채 에센스…… SK2 광채 에센스……"라고 읊조리며. 다음날 전해 들은 바로는 내가 새벽 내내 침대에 눕히면 무어라 웅얼거리며 거실로 기어나 가고, 또 침대에 눕히면 무어라 웅얼거리며 거실로 기어나 갔다고 한다. 그렇게 힘겹고 간절하게 김세영에게 전한 말 은 "SK2 광채 에센스…… 알바비로 사고 말 거야…… 오로라 광 피부…… 갖고 싶어……". 나는 내가 그렇게까지 오로라 광 피부를 욕망하고 있었다는 걸 몰랐다. 학교가 끝나고 아르 바이트하러 가기 전까지 내내 컴퓨터로 광채 에센스 광고와 블로그 후기를 찾아보기는 했지만, 그렇게 광고에 현혹돼 제품 정보를 수집하는 건 일종의 습관 같은 것이었다. 술은 그렇게 나 스스로가 가늠한 것보다 더 큰 욕망의 몸체가 불 쑥 솟아오르게 했다. 그래서 그런지 한때는 술만 마시면 탁, 시동이 걸려서 문을 박차고 나가 술집 앞 거리를 (말 그대로) 전속력으로 뛰어다녔다. 학교 앞에서 술을 마신 이튿날이면 선배, 동기, 후배 할 것 없이 모두 이렇게 말했다. '참 잘 뛰더 라.' 나는 그렇게 사고 싶다는 욕망이든 뛰고 싶다는 욕구든 뭐든 발산하게끔 만드는 술의 효험에 매료되었다. 이 뒤로 는 아마 모두에게 익숙한 전개일 것이다. 사람들이 낯설고,

어색하고, 그래서 술을 마셨다. 긴장이 풀리고, 말이 많아지고, 솔직해지고, 그래서 웃고, 울고, 사과하고, 고마워하고, 좋아하고, 미워하고, 친구가 되고.

술의 또 다른 효험 중 하나는 나를 엉뚱한 곳에 데려다 놓는다는 것이다. 그날은 학부 2학년, 추석이 가까운 가을날이었다. 전날도 무한 폭음의 날이었다. (부끄러운 말이지만 나는 주량이랄 게 없다. 매번 블랙아웃되기 때문이다.) 눈을 감고 있는데 입안이 까슬까슬하게 바짝 마른 것이 꼭 목구멍까지 온통 딱풀을 발라놓은 것처럼 입이 벌어지지 않았다. 위장은 그 속에서 세탁기라도 돌고 있다는 듯이 뱅글뱅글, 첨벙첨벙, 울컥울컥…… 금방이라도 속엣것이 욱 쏟아져나올 것만 같았다. 제발 물이라도 마시자 눈을 떴는데 그곳은 대화도 몇 번 안 해본 어색한 선배의 본가, 방 안이었다. 방 안에는 그 선배와 또 다른 동기 한 명이 죽은 듯이 자고 있었다. 차마 물 좀 달라며 흔들어 깨우기 민망해서 혼자 부엌으로 향했는데 또 남의 집 냉장고를 맘대로 열기도 뭣한 것이었다. 대신 싱크대에서 수돗물이라도 마실까 했는데 개수대에 물 떨어지는 소리에 선배의 가족이 금방이라도 벌컥 문을 열고 나올 수도 있는 일이었다. 아 그 어색함. 소름 끼치는 어색함. (나는 여전히 어색함이 세상에서 제일 무섭다.) 고풍스럽고 엄격해 보이는 집 안 분위기에 위압감을 느끼며 부엌 한가운데서 어떻게 할지 고민하고 있는데 문고리 돌아가는 소리가 들렸다. 나는 순간적으로 식탁에 놓여 있던 단감 하나를 집어들고 (왜?) 그대로 내가 원래 있던 방으로 발소리를 최대한 낮추며 뛰어 들어갔다. 선배와 동기는 그때껏 코를 골고 있었다. 나는 뭐라도 입에 넣지 않으면 큰일이 나겠다 싶어 들고 있던 단감을 옷에 쓱쓱 문지른 뒤 조심스레 껍질째 베어 물었다. 사실 단감은 내가 그다지 선호하지 않는 과일이다. 그런데 그때의 단감만 생각하면 지금도 침이 고인다. 평생 먹어본 단감 중에 가장 단, 감. 다디단, 감. 한입 삼키자마자 혀끝에서부터 발끝까지 수분감과 당이 핑 돌았다. 소음이 기준치를 넘어서면 머리 위로 쟁반이 떨어지는 게임에 참가한 사람처럼 나는 혼신의 힘을 다해 소리가 나지 않도록 그 감을 씹어 넘겼다. 감이 너무 단단해서 조용히 먹기가 여간 어려운 일이 아니었지만 훔쳐 먹는 걸 들키느니 쟁반으로 머리를 세차게 얻어맞는 편이 더 나았기 때문에 이불을 뒤집어쓰고 최선을 다해 조심히 감을 먹었다. 그때 선배가 벌

떡 일어나더니 화장실로 향하는 바람에 반쯤 먹은 감을 손에 쥐고 급히 숨을 죽여야 했다. 돌아온 선배가 다시 누워 코를 골기 시작하자 순간 쿡, 웃음이 터졌다. 이렇게까지 할 일인가. 여기는 어디고 나는 왜 이러고 있나. 어색한 선배의 본가에서, 어색한 선배의 코 고는 소리를 들으며, 이불을 뒤집어쓰고 감을 훔쳐 먹는 일. 선배 이불에서 나는 섬유 유연제 향기가 이렇게 폭닥할 줄은, 선배 집의 감이 이렇게 달 줄은, 술이 없었으면 몰랐을 일이다. 술이 없었다면 모두 없었을 일이다. (감 훔쳐 먹은 사실은 그날 선배가 깨어나자마자 실토했다.)

이불 속이 생활 반경의 전부였던 나는 바깥의 모든 것이 낯설고 어려웠다. 그런 나라도 술이 있다면 결국에는 이렇게 새롭고 생경한 순간에 이르는 것이었다. 탁 시동이 걸려 발산하게 되는 술의 효험 덕에 어색한 선배, 어색한 사람들, 모르는 것들 그리고 무엇보다도 나 자신에 대해 조금은 알게 되었다. 그것이 술의 맛. 맛도 간지도 더 월등한 닥터페퍼는 줄 수 없는 맛. 불쑥 솟아오르는 맛이었다.

더, 더 지겨운 이야기

잊고 싶은 일이 있었다. 술 마시는 동안에는 그 일로부터 약간은 멀어질 수 있었다. 그래서 번지점프를 하듯 술판으로 매일 저녁 나를 내던졌다. 그런데 그 이상하고도 굉장한 장력, 탄성 탓에 다음날이면 멀어지고자 했던 그 일에 더 가까이 끌려가게 되었다. 술을 마시면 마실수록 더 높이 솟구치고 더 깊이 못 박혔다. 간절하게 잊고 싶었기에 블랙아웃이 조금이라도 더 빨리 오기를 바라며 삼 년이 넘도록 폭음을 일삼았고, 정작 그 일을 제외한 모든 것을 기억하지 못하는 상태가 되어버렸다.

차근차근 성실하게 내 이 두 발로 땅을 꾹꾹 밟으며 그 일로부터 걸어나갔어야 했다. 그렇게 하루를 살고, 그 하루만큼 그 일을 밀어내야 했다. 하지만 나는 그러는 대신 손쉽게 밤 시간을 숭덩 썰어 입 벌리고 있는 술병 속으로 휙 던져버렸고, 그 일은 바로 내 등 뒤에서 더 거대하고 견고하게, 무럭무럭 자라났다. 그리하여 삼 년의 시간 동안 그 일로부터 한 치도 멀어지지 못했다.

많은 술장아찌가 그러하듯 나 또한 속 편히 마실 수 있는 혼술의 길로 접어들었다. 술의 그 불쑥 솟아오르는 맛은 솟아오른 만큼 술자리의 기분을 투박하게 만들었다. 감정의 스펙트럼을 섬세하게 감각해내지 못하고, 내가 왜 기분이 좋은지도 모르는 채 그저 망아지처럼 날뛰는 감정에 끌려 다녔다. 투박한 만큼 그날이 저 날 같고 저 날이 이날 같은, 새로울 것이 없는 날들이었다. 눈치 보지 않고 빠르게 마시고 잠들 수 있는 혼술이 더 편했다. 혼술은 시간을 따질 필요도 없었다. 그리하여 술 타임이 초저녁에서 낮으로 또 아침으로 점점 당겨지기 시작했다. 술이라는 것은 참 이상하게도 적당히 마셨을 땐 대화의 문을 활짝 열어주지만 그 '적당히'를 넘어서는 순간 아주 무섭도록 칼같이 사방의 셔터를 쾅 내려버린다. 냉엄한 셔터는 술을 마실 때는 물론이고 술을 마시지 않는 순간에도 점차 나를 고립시켜갔다. 말 그대로 말이 잘 나오지 않았고(말은 원래 잘 못하는 편이긴 하다), 잘 들리지 않았고, 냄새도 잘 맡지 못했다. 자연스럽게 채집되어야 할 생활 소음이나 계절 냄새가 마치 진공 상태에 놓여 있는 듯 감지되지 않았다. 시간이 흘러가는 것, 흘러버린 것을 도무지 느끼지 못했다. 신체 감각과 지각력이 후퇴하면서 나 자신이 가마니가 되어버린 듯했다.

어쩌면 조금 원했던 일이기도 했다. 가마니가 되는 일 말이다. 가마니가 되어서도 놓치지 않은 것은 바로 따릉이 타기였다. 두 시간 반에서 세 시간 정도 한강을 따라 따릉이를 탔다. 따릉이가 술 몸살을 풀기에 좋았고, 운동을 했다는 만족감이 음주했다는 죄책감을 약간은 상쇄시켜줬기 때문이다. 따릉이를 탈 때 맛봤던 머릿속이 단순해지는 느낌, 러너스 하이는 내가 술을 마심으로써 도달하려 했던 상태와 비슷했다. 나는 될 수 있는 한 단순해지고 싶었다. 그래서 가마니가 되는 걸 자초할 수밖에 없었던 것 같기도 하다.

어느 날이었다. 평소와 마찬가지로 따릉이를 타며 천변을 달리고 있었다. 그런데 불현듯 풀 냄새가 스친 것이다. 코끝에 알싸한 알코올 냄새가 아닌 다른 냄새가 흘러 들어온 것은 꽤 오랜만이었다. 그날 왜 갑자기 계절 냄새를 다시 감각하게 되었는지는 잘 모르겠지만 반가웠다. 그래서 헤드폰을 벗었다.

당시 나는 정말 생각이라는 것 자체를 하고 싶지가 않았다. 그래서 잠에서 깨서 다시 잠들 때까지, 심지어는 자는 동안에도 음악과 팟캐스트를 틀어놓았다. 샤워할 때나 볼일을 볼 때, 따릉이를 탈 때도 아이패드와 휴대전화로 뭐든 들었다. 머릿속에 이상한 생각이 돌아다니지 않도록 잠깐의 틈도 내어주지 않았다. 풀 냄새가 숨을 타고 넘어오자 내 몸이 이제는 술에서 깨어날 준비가 되었다고 느껴졌다. 술에 절었던 몸이 다채로운 삶의 감각을 다시 받아들이려 하는구나. 헤드폰을 벗자 꾹 눌렸던 귓바퀴에 피가 돌았다. 쏟아지는 일상의 소리들을 더 적극적으로 채집하기 위해 따릉이 페달을 힘차게 밟는 순간, 뿡, 아주 경쾌한 방귀 소리가 가림막 없는 귓구멍을 비집고 들어왔다. 러닝을 하던 사람이 내 옆을 지나며 큰 소리로 방귀를 뀌고 달아난 것이었다. 발을 멈추고 끅끅 웃었다. 고개를 처박고 웃었다. 술 취한 밤을 보낸 지난 몇 년간 놓친 수많은 것 중 하나는 바로 유머였으리라. 소화불량에 따른 경박하고도 시시한 방귀 바람에 몸과 마음을 짓누르던 커다란 누름돌이 데구루루 굴러떨어졌다. 이상하게 후련한 기분이 들었고, 이제부터의 밤은 정말로 술에서 깨어나야만 하는 밤이라고 생각했다.

간신히 술 없는 밤

김세인 님은 스스로의 단점에 대해 잘 알고는 있지만 그것을 고치려는 시도가 부족한 편입니다. 고치려는 노력을 해봤을 테지만 그 시도가 그리 오래 지속되지 못했을 가능성이 있으며 잠시 고쳤다고 하더라도 다시 본래의 상태로 돌아갔을 가능성도 큽니다. 따라서 단점을 개선하고자 할 땐 계획을 철저히 세우는 것이 중요하며 김세인 님의 정신과 육체가 새로운 습관에 적응할 수 있도록 충분한 시간 동안 계획을 이행할 필요가 있습니다.

애용하는 사주 앱의 사주 풀이다. 가히 놀라운 적견이다. 그렇다. 나는 술에서 깨어나야만 하는 밤이라고 생각했던 그 밤 이후로도 술을 끊지 못했다. 기운이 다운되면 술로 회피하는 고질적인 습관을 버리지 못했고, 이튿날 그 역효과로 인해 더욱 폭삭 무너져버린 기분으로 초저녁 술잔에 비친 패배자의 얼굴을 마주해야 했다. 부끄러운 마음에 연거푸 술잔을 비우는 날들이 계속됐다. 스프링처럼 널뛰었던 기분도 더 이상 높이 튀어 오르지 못했다. 물컹한 진흙에 빠진 것처럼 끼링, 끼링, 고장 난 스프링 소리를 내며 주저앉을 뿐이었다.

결국에는 극심한 위경련이 오고야 말았다. 이사를 비롯한 이러저러한 공사다망 중에도 술 먹는 일만큼은 꾸준하고도 성실하게 이어나갔던 탓이다. 위경련의 위력은 대단해서 독감과 코로나에 걸렸을 때도 쥐고 있었던 술잔을 내려놓게 만들었다. 일주일을 꼬박 매실차와 죽만 먹으며 침대에 웅크리고 있었다. 나는 가끔 이미 내가 몇 년 전에 죽었고 이 세상은 현실이 아닌 누군가의 상상이 아닐까 생각하곤 했는데, 위경련이라는 명백한 통증은 일분일초 내가 아직은 살아 있음을 그 무엇보다도 더 분명히 일깨워주었다. 침대보를 쥐어뜯으며 그래, 죽었다 생각하고 이제는 정말 술 없는 밤, 술 없는 나날을 보내자 다짐했다. 그리고 그날 이후로도 나는 여전히 술을 끊지 못했다.

그래도 하루걸러 하루씩 마시던 쿵짝쿵짝 술 리듬은 사흘에 한 번인 쿵쿵짝쿵쿵짝으로, 또 쿵쿵짝쿵쿵짝쿵쿵짝으로…… 느리지만 부단히 바뀌어가고 있다. 어떤 사람들은 고작 그 정도 마시면서 무슨 술꾼이냐고 생각할 수도, 고작 그 정도 줄이고서 엄청 생색낸다고 생각할 수도 있다. 하지만 나 같은 습관성 알코올의존증을 앓고 있는 사람에겐 단 하룻밤도 간신히 용을 써야지만 겨우 넘길 수 있는 긴 시간이다. 누군가는 이미 알고 있을 수도 있는 방법 몇 가지를 술 없는 밤을 간절하게 바라는 이들을 위해 공유한다. 쓰고 보니 이건 사랑하는 연인을 잊는 과정과 매우 흡사하다.

1. 술 있는 밤을 달력에 기록하기

4월 열여섯 번, 5월 열두 번, 6월 아홉 번, 7월 아홉 번, 8월 여덟 번.

각 달의 술 있던 밤의 횟수다. 머릿속으로만 횟수를 세는 것보다 직접 손으로 기록해 시각적으로 확인하는 것이 보다 즉각적이고 효과적인 '현타'를 선사한다. 술을 완전히 끊지는 못했으나 이분의 일은 줄었다. 굉장한 일이다.

2. 몸 혹사시키기

지난겨울, 박상영 작가의 소설을 원작으로 한 드라마 「대

도시의 사랑법」을 촬영할 때의 일이다. 프리 프로덕션을 진행할 때까지만 해도 나는 퇴근 후 아무리 피곤해도 그날의 스트레스에 대한 보상으로 꼭 술을 챙겨 마셨다. 그러나 본격적인 촬영에 들어가면서부터 체력이 고갈됐고 나는 몇 년 만에 최장기간인 일주일 동안 (세 모금 제외) 술을 마시지 못했다. 술 생각이 아예 없었던 건 아니었다. 촬영 후 귀가할 때면 언제나 어김없이 술을 구매했다. 집에 도착해 한 모금 마시고는 그대로 맥주 캔을 쥔 채로 잠이 들었을 뿐이다. 그렇게 연속 삼 일 동안 겨우 한 모금 마신 맥주를 싱크대에 쏟아버리며 체력 고갈은 술에 대한 갈망을 넘어선다는 걸 실감했고, 일주일 뒤 맥주를 벌컥벌컥 마시며 극도의 스트레스는 그 체력 고갈을 넘어선다는 또 다른 진리를 깨달았다. 촬영이 끝난 후 얼마간은 매일 네 시간 반씩 따릉이를 탔다. 그런 날은 맥주 캔 들 힘이 없어서 간신히 밤을 넘길 수 있었다. 끙끙 앓으면서 말이다.

3. 이사하기

너무 잘 안다. 이 시간대에는 저 틈으로 들어오는 노을빛을 보며 소파에 앉아 마시는 맥주가 최고라는 것을. 그 시간

대에는 보조등을 제외한 모든 불을 끄고 식탁에 앉아 마시는 와인이 최고라는 것을. 그렇다. 혼술, 홈술을 즐기는 술꾼의 집에는 도처에 술의 기억이 놓여 있다. 술꾼의 벽지에는 알코올이 은은하게 배어 있다. 너무 잘 알기 때문에 도저히 지나칠 수 없어 이 노을빛이 사라지기 전에, 이 밤이 지나기 전에 편의점으로 부리나케 달려가 맥주, 소주, 막걸리, 와인, 사케 등을 쓸어 담아오게 되는 것이다. 이사를 한 후 웬만해선 집에서 술을 마시지 않았다. 혼자 술을 먹게 되더라도 되도록 식당에서 마셨다. 이 집이 술을 기억하게 해선 안 된다.

   4. 향기에 파묻히기

   무취의 공간은 어서 병을 따서 톡 쏘는 알코올 향으로 그곳을 채우고 싶다는 욕구를 샘솟게 만든다. 가정집 창을 타고 번지는 음식 냄새 또한 마찬가지다. 운동을 끝내고 집으로 돌아가는 골목에서 그 냄새를 맡으면 숨을 참았다. 현관문을 열고 그대로 침대로 달려가 이불을 끌어안거나 수건에 얼굴을 파묻고 다우니 향기를 깊숙이 들이마셨다. 고양이들의 고소한 뒤통수 냄새를 맡았고 시원한 풀숲 향 룸 스프레이를 뿌렸다. 사실은 다 외로워서 그랬다. 모두가 공감하겠지만 외로움은 술의 가장 친한 친구다. 무취는 잃어버린 것을 떠올리게 한다. 외로움이 침입하기 전에 이 코를 향기로 막아버려야 한다.

5. 술을 몰랐던 시절 좋아했던 프로그램 시청하기

유튜브의 대다수 채널은 술이 함께한다. 나는 술이 보이거나 술을 연상케 하는 사람이 화면에 나오면 반사적으로 화면을 넘겼다. 「아따맘마」 「아즈망가 대왕」 「인간극장」 「무한도전」 「커피프린스 1호점」 「내 이름은 김삼순」 등을 보며 (이상하게도 중학교 때 봤던 드라마에는 술 장면이 나와도 그게 술에 대한 욕구로 이어지지 않는다) '나는 술을 모른다' 주문을 외웠다. 그러니까 지독한 콘셉트러가 되기로 한 것이다. 이 혼자만의 집에서만큼은 나도 술을 모르는 사람이다. 나는 그런 프로그램들을 보며 약 이십 년 전으로 걸어 들어간다. 술을 마시지 않던 때로 간다. 아무 일도 벌어지지 않았던 때로 흘러 들어간다. 술을 마시며 먼 과거를 생각할 때는 그 긴 시간 동안 변한 게 없다는 사실이 조금이라도 더 나은 인간이 되지 못했다는 결론으로 이어져 절망감이 밀려들었다. 반면에 그 시절의 텔레비전 프로그램에 탑승해 먼 과거를 생각하자 술 없이도 어딘가 가뿐한 상태가 되었다. 그 긴 시간 동안 변한 것은 없지만 내 옆에는 소소한 즐거움이 놓여 있었다. 앞으로 크게 변하지 않아도 될 것 같았다. 주변에 벌어지는 자극적인 소란들은 삼 년, 사 년으로는 부족하겠지만 십 년, 이십 년이라는 시간 속에서라면 흔적도 없이 행방불명 될 것이었다. 술에 절여진 몸은 시간에 짓눌렸지만 술이 덜어진 몸은 시간을 좀 믿어보기로 한다. 술에 절여진 몸은 사건들, 자극들, 소란들을 한 톨도 내주지 않고 꼭 끌어안은 채 가마니가 되었다. 술이 덜어진 몸은 느슨해졌고 틈새가 벌어지더니 어느 순간 북— 하고 갈라졌다. 사건들, 자극들, 소란들이 가볍게 흐트러진다. 우수수수. 쏟아지며 구르는 흰 쌀알. 고작 쌀알 한 톨이다. 나 언제까지나 이 방 안에서 굴러도 된다. 이것은 포기의 마음이 아니다. 단념이 아니다. 전념이다. 실체가 없는 것보다 먼 과거, 먼 미래, 지금 여기, 언제까지나 변하지 않는 것, 나 자신에게 전념하기로.

술 없는 밤

뭔가를 떨어트렸나. 주우려고 했던 것 같은데. 쭈그려 앉은 상태로 문득 고개를 들자 침대 위에 앉은 고양이들이 나를 내려다보고 있었다. 그 각도에서는 처음 보는 얼굴이었다. 회색 침실 벽지, 이불의 구김, 돌아가는 선풍기. 오렌지색 쿠션은 이등변삼각형. 갑자기 모든 것이 이상하고 낯설다. 그때부터 나는 심심하고 외로울 때면 내가 사는 이 집에서 새로운 위치를 찾아 자리를 잡는다. 거실 구석진 곳에 누워 천장을 바라보거나, 바닥에 귀를 대고 침대 밑을 바라보거나, 반쯤 닫힌 문 뒤에서 방을 본다. 기역자 싱크대 코너에 끼어 앉거나, 벽에 반쯤 가려진 채로 거실을 본다. 그럼 이 공간과 순간에 기묘한 기운이 가로지르게 된다. 기묘한 기운은 먹성 좋게 심심함과 외로움을 잡아먹는다. 술을 먹기 시작한 것은 새롭고 생경한 순간에 이르기 위해서였다. 이젠 술이 없어도 밤을 새롭게 하는 법을 터득했다. 이 세상의 모든 유희를 술로 땡 하던 시절은 안녕이다. 술이 없어도 이상하고 묘하고 신기한 밤이다. 술이 필요 없다.

오늘은 거실 통창에 등을 대고 옆으로 누웠다. 차가운 등 뒤에서 풀벌레가 운다. 아침의 빛은 무사히 저 뒤로 훌쩍 넘어가버렸고 그저 나는 여기 누워 있다. 과거도 없고 미래도 없이. 그저 이렇게. 술 마시느라 잃어버린 것들이 생각난다. 마음이 저릿하고 서글퍼진다. 몸을 움직여 다른 곳을 바라본다. 술잔에 고여 있지 않고 흐르는, 깨끗하고 선명한 밤이다. 그저 여기에 놓여 있는 밤.

술 없는 밤

초판인쇄   2024년 10월 30일
초판발행   2024년 11월 18일

지은이   서한나 김선형 김일두 오지은 오한기 김세인
펴낸이   강성민
편집장   이은혜
책임편집   박지호
마케팅   정민호 박치우 한민아 이민경 박진희 황승현
브랜딩   함유지 함근아 박민재 김희숙 박다솔 조다현 배진성
제작   강신은 김동욱 이순호

펴낸곳   (주)글항아리
출판등록   2009년 1월 19일 제406-2009-000002호

주소   10881 경기도 파주시 심학산로 10 3층
전자우편   bookpot@hanmail.net
전화번호   031) 955-8869 (마케팅) 031) 941-5157 (편집부)
팩스   031) 941-5163

ISBN   979-11-6909-320-0 02810

www.geulhangari.com